# 내가 사랑하는 지겨움

\* KOMCA 승인필

\* 이 도서의 국립중앙도서관 출판예정도서목록(CIP)은 서지정보유통지원시스템 홈페이지(http://seoji.nl.go.kr)와 국가자료공동목록시스템(http://www.nl.go.kr/kolisnet)에서 이용하실 수 있습니다. (CIP제어번호: CIP2020003052)

내가 사랑하는 지겨움

장
수
연

Chapter1.

## 낭만적 입사와 그 후의 일상

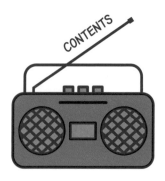

Chapter2.

# 프로듀서의 일

Chapter3.

# 오늘도 출근

## Chapter4.

## 퇴근하겠습니다

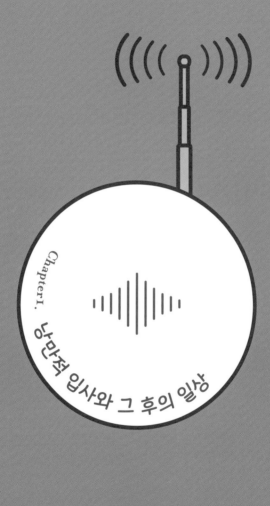

Chapter1.

낭만적 입사와 그 후의 일상

## 직업과의 로맨스

김연수 작가의 《네가 누구든 얼마나 외롭든》은 내게 특별한 소설이다. 내가 갖고 있는 이 책의 첫 장에는 2007년 11월 7일에 구입했다는 메모가 있다. 2007년은 대학을 졸업한 해이고, 11월이니 그해 MBC 신입사원 공채 시험에서 떨어진 직후일 것이다. 라디오 프로듀서 직종은 워낙에 뽑는 인원이 적어 몇 년씩 매달릴 만한 시험이 아니다. 졸업 후 딱 1년만 더 해보자고 마음먹었었다. 미련 남기지 않으려고, 여한 없이 포기하려고 보는 시험이었던 셈이다. 그런데 떨어졌다. 그것도 면접에서. 내심 필기만 붙으면 면접관들은 나를 알아볼 거라고 자신했었다. 면접에서 떨어지면 그건 진짜 피디의 자질이 없는 거라고 생각했는데 1차 면접에서 뚝 떨어졌으니, 이젠 마음먹었던 대로 라디오 피디는 접고 '진짜 취업 준비'를 해야 할 시간이었다. 방송사 시험 준비한다고 일반 기업을 위한 인턴이나 공모전은 거들떠도 안 봤는데 어찌해야 하나, 다들 눈을 낮추라고 하는데 과연 어느 정도로 낮춰야 나를 받아줄 회사를 만날 수 있을까, 막막하고 초조하던 2007년 11월에 나는 취업에 하등 도움

안 될 장편소설을 읽었다. 읽기만 한 게 아니라 북토크도 찾아 갔다.

　이 글을 쓰려고 오랜만에 책을 꺼내 훑어보았다. 그때 나는 왜 이 책에 빠졌을까? 소설 첫 장에 주인공의 할아버지 이야기가 나온다. 대학 재학 중 일본군에 학병으로 징집돼 남양군도의 어느 열대 섬까지 갔다가 집으로 돌아온 후 반쯤은 귀신처럼 사는 인물이다. 서해 바다의 갯벌을 메워 만석꾼이 되려던 할아버지가 바로 그 꿈 때문에 간첩으로 몰려 교도소에서 실형을 살고 나오는 장면에, 12년 전 그어놓은 밑줄이 보인다. "꿈은 끝나도 마음은 오랫동안 그 주위를 서성거릴 수밖에 없는 법이다." 아마 이 문장이 그때의 나로 하여금 소설의 문을 열게 만든 손잡이였나 보다. 언론반 책상에 있는 짐을 차마 가지러 가지 못하던 시기였다. 끝났다고 선고받았는데도 계속 주변을 떠나지 못하고 서성이던 내 처지와 꼭 맞는 표현이라고 생각했던 것 같다.

　대학로 연우소극장에서 열린 작가와의 만남 행사는 소박하고 따뜻했다. 아주 가까운 자리에서 작가의 얼굴을 보며 이야기를 들었다. 작가의 목소리는 작았고, 사투리 투가 있었고, 이런 행사가 쑥스러운 듯 자주 웃었다. 그의 이야기가 재미있고 그 공간에 흘러넘치는 기운이 너무 좋아서 서러워졌다. 이런 라디오 프로그램을 만들고 싶은데…… 정말 만들고 싶은데……. 질문을 받는 시간에 나도 모르게 손을 들었다. "제가 라디오 피디가 꿈인데요, 만약에 진짜 라디오 피디가 되면, 혹시 제가 만드는 프로그램에 출연해주실 수 있으세요?" 포기하겠다고 결심한 상태였는데 왜 그런 질문을 했는지 지금도 모르겠다. 어떤 말이든 주고받을 수 있을 것 같은 분위기에 홀렸었나 보다. 아무튼 작가는 웃으면서 그러겠노라고 대답해줬다. 본인이 어렸을 때 라디오를 들었던 추억담도 곁들여서.

행사를 마치고 밖으로 나오니 정신 차리라는 듯 찬바람이 매서웠다. 꿈과 약속을 이야기하던 시간을 끝내고 현실로 돌아와 공무원 수험서를 샀다. 스펙 없는 내가 선택할 수 있는 몇 안 되는 카드였다. 짬짬이 일반 기업들에도 지원해보았지만 역시나 서류에서부터 탈락이었고, 그럴수록 남은 건 이 시험밖에 없다는 절박함에 새벽부터 저녁까지 도서관에서 국어와 국사, 행정학 공부에 매달렸다. 졸업한 지 2년이 다 되어갔고, 아직 취업하지 못한 동기는 이제 거의 없었다. 점점 벼랑 끝으로 내몰리는 기분이었다. 완전히 잘못 살아온 것만 같았다. 신문방송학과를 선택한 것도, 언론준비반에 들어간 것도, 미련하게 3년이나 방송사 시험공부만 한 것도 후회됐다. 시내 전광판에 커다랗게 떠 있는 '취업사관학교 ○○대학교'라는 광고 문구를 보니 '저 학교를 갔다면 지금쯤 어디라도 들어가지 않았을까?' 하는 생각이 들었다. 빨리 돈을 벌어야 하는 내 처지를 생각 못 하고 철없이 되지도 않는 일에 시간을 버려온 대가를 치른다고 생각했다. 자학이 멈춰지지 않았다. 외롭고 무서워 미칠 지경인데, 여기서 벗어나려면 공부를 쉬어선 안 되었다. 그러는 동안에도 계절은 바뀌어 이제 공무원 시험 합격 점수에 거의 근접했다고 느껴질 즈음, 다시 방송사 공채 시즌이 되었다. 기대보단 미련에 가까운 마음으로, 시험이나 한 번 보자 싶어 원서를 접수했다. 공무원 시험공부는 계속하는 채였다. MBC 시험을 따로 준비하지 않아서 필기시험 작문 시간에 공무원 국사 교재에서 외웠던 백범 김구 선생의 이야기를 소재로 글을 썼는데, 이게 붙어버렸다. 뜻밖에 1차 면접에도 합격하자 '어라?' 하는 마음에 이제는 진지하게 다음 면접을 준비했다. 그리고 거짓말처럼 최종 합격자 명단에 내 이름이 있었다. 2008년, 나는 피디라는 직업을 마음에서 내려놓은 상태였다. 그럼에도 한 번 더 시험을 보았던 이유는 그때 그 소극장에서 "만약에 제가 라디오 피디가 되면……"이라는 말로 가느다란 실 하나를 남겨놓았기 때문이라고 생각한다.

입사하고 처음 배정받은 프로그램은 〈장진의 라디오 북클럽〉이었다. 매주 한 명씩 책의 저자를 초대해 인터뷰하는 프로였는데, 담당 작가인 허은실 작가와 회의하던 중 김연수 소설가의 신간이 나올 때마다 섭외를 했는데 계속 거절당했다는 이야기를 들었다. 썩 웃음이 지어졌다. "제가 한번 전화해볼게요!"

연락처를 받아 전화를 걸었다. 심장이 쿵쾅거렸다. "여보세요?" 연우소극장에서 듣던 따뜻한 목소리와는 온도가 달랐다. 긴장을 누르고 말을 이었다. "혹시 2년 전에 대학로에서 하셨던 북토크 기억나세요? 그때 라디오 피디가 꿈이라면서 만약에 피디가 되면 섭외에 응해달라고 얘기했던 독자도 혹시 기억하세요?" 다행히 기억한다고 했다. "제가 그 독자거든요. 정말로 MBC 라디오 피디가 됐는데, 혹시 제 프로그램에 출연해주실 수 있으세요?" 그 말을 하는 순간 나는 온몸에 전류가 흐르듯 짜릿했는데, 김연수 소설가의 반응은 그리 드라마틱하진 않았다. 그냥 조금 웃으며 담백하게 "나가야죠" 했다. 흥분한 내가 촌스럽게 느껴져, 막상 스튜디오에서 그를 만났을 땐 나도 최대한 아무렇지 않은 척하려고 노력했다. 녹음이 끝난 뒤 기념사진도 안 찍고 그를 보내며, 눈물을 머금고 '잘 참았다'고 스스로를 대견해했다.

김연수 작가의 산문《소설가의 일》에 작가가 처음 사인회라는 걸 했을 때의 일화가 나온다. 코엑스에서 열린 서울도서전이었는데, 평일 오후라 독자가 별로 없을 걸 고려해 출판사에서는 사인을 받으면 책을 할인 판매하는 이벤트를 곁들였고, 결국 너무 많은 사람이 몰려 알바 뛰는 기분으로 사인을 해치웠다는 이야기다. 그 트라우마 때문에 김연수 작가는 독자 기피증 비슷한 것에 걸렸는데, 2007년《네가 누구든 얼마나 외로든》을 내고 이 증상을 이겨냈다고 한다.

**그때 난생처음으로 대학로 소극장인 연우무대에서 독자들과 대화하는 행사를 했다. 이런저런 질문과 대답을 주고받는데, 어떤 사람이 손을 들더니 라디오 피디가 꿈이라며 나중에 부탁하면 자기**

프로그램에 출연할 수 있겠냐고 묻더라. 방송기피증도 있었지만 그러겠노라고 대답했다. 그랬는데 2009년 5월, 그 독자에게서 정말 연락이 왔다. MBC 라디오의 피디가 됐으니 약속을 지켜달라고. 알겠다며 전화를 끊고 나니 이런 생각이 들었다. 약속이 이뤄지기도 하는구나. 그 말을 혼자 중얼거리는데, 아, 놀라워라, 내 안에서 벽 하나가 무너지는 느낌이 들었다. 그 일을 겪은 뒤로 모든 일의 선의를 믿자고 생각하게 됐다. 1994년 서울도서전에서 내 사인을 받은 사람들도 단순히 공짜 책을 받으려는 욕심에 그렇게 긴 줄을 선 게 아니라 젊은 작가에 대한 호기심 때문에 줄을 선 것이라고.

\_김연수,《소설가의 일》, 문학동네, 2014, 136쪽.

아마도 여기 나오는 'MBC 라디오의 피디'가 나일 것이다. 김연수 작가에게도 내가 기억에 남는 독자라는 것, 심지어 그의 책에 내 이야기가 실렸다는 것은 머리끝이 쭈뼛할 만큼 흥분되는 일이었다. 6년 전 섭외 전화를 걸 때의 두근거림이 고스란히 되살아났다. 내 인생에도 이런 영화 같은 일이 일어나다니!

김연수 작가는 그 일을 겪은 뒤로 모든 일의 선의를 믿자고 생각하게 됐다고 썼는데, 나는 이 일로 인해 인생의 낭만을 믿게 되었다.《네가 누구든 얼마나 외롭든》을 읽던 당시, 나는 삶이 어떤 의지를 가지고 내게 상벌을 내리는 게 아니라는 사실을 비로소 알아채던 참이었다. 권선징악이나 인과응보는 그저 사람들이 시간의 한 토막을 잘라내 만들어낸 말일 뿐, 삶은 아무 생각이 없었다. 내가 열심히 해서, 혹은 진심으로 원하는 마음이 어딘가에 닿아서 MBC 시험에 합격한 건 아닐 것이다. 솔직히 말하자면, 상당 부분이 우연이라고 생각한다. 나는 신이 있다고 믿지만, 그 신이 학교 담임선생님처럼 인간들을 굽어보면서 점수를 매기고, 합당한 결과를 내려주는 것 같지는 않다. 내가 시험에 떨어졌던 해와 합격했던 해에 얼마나 달라졌는지, 나와 함께 시험을 봤던 다른 학생들과 내가 얼마나 달랐는지 잘 모르겠다. 시험에 떨어져 끝내 라디오 피디가 되지 못했다면 어떻게 살았을지 역시 마찬가지다. 과연 지금보다 덜 행복했을까? 공무원이 되었을까? 퇴근 후에 좋아하는 소설책을 읽으며 살지 않았을까? 일 밖에서도 삶의 의미를 찾아야 한다는 생각을 지금보다 더 일찍, 더 강하게 하게 되지 않았을까? 그래서 지금은 상상만 해보는 소설 쓰기 같은 걸 이미 시도해보지 않았을까? 하지만 나는 어쩌다 2008년 MBC 신입 공채 시험에 합격해 라디오 피디가 되었다. 삶을 가장 잘 표현하는 단어가 있다면, '그냥'이라고 생각한다. 그냥 그렇게 된 것이다. 위인전이나 동화책 속 교훈, 지금의 역경이 성장을 위한 발판이라는 말은 그냥 그렇게 되는 삶, 인과와 합리로 다 이해할 수 없는 부조리한 삶을 버티기 위한 궁여지책이다. 살면서 만나는 '그냥'의 순간, 이유가 없어 잔인한 시간들을 견디려면 그런 의미 부여가 필요하니까.

'가장 힘들 때 최고의 드라마를 위한 씨앗이 뿌려졌다'는 진부하지만 낭만적인 플롯이 내 삶의 궁여지책이다. 결혼한 부부가 연애 시절의 설렘을 추억하며 살아가듯이, 회사 생활을 할 때도 힘들 때 꺼내 볼 '옛날 사진'이 몇 장 있으면 좀 낫다. 소설 한 편에 얽힌 이 일련의 사건들은 라디오 피디라는 내 직업과의 로맨스이다.

## 음악을 듣는 완벽한 방법

〈이상은의 골든디스크〉라는 프로그램을 좋아했다. 중성적인 목소리로 담백하게 사연을 읽고 노래를 소개하는 이상은이 좋았다. 그가 만들고 부르는 노래들이 좋았고, 꼭 그 노래 같은 분위기로 여의도 MBC 3층 휴게실에서 담배를 피우는 모습을 훔쳐보는 게 좋았다. 그 프로그램의 토요일 코너를 특히 좋아했다. 당시 〈GQ〉 에디터였던 장우철 기자가 출연해서 주말에 가면 좋을 장소들을 소개했는데, 전시회나 음악회, 이맘때 걷기 좋은 산책길, 새로 발견한 작은 가게 등등 재미있고 실한 얘깃거리들을 부지런한 어미 제비처럼 매주 물어오곤 했다. 그가 고른 장소도, 고른 이유도 매력 있었다. 장우철이라는 이름을 단단히 기억해두었다.

시간이 지나 이상은 씨는 디제이 자리를 떠났고, 장우철 기자의 목소리도 들을 수 없게 됐다. 얼마 뒤 〈세상을 여는 아침〉이라는 프로그램을 연출하게 됐을 때, 나는 장우철 기자에게 섭외 전화를 걸었다. 무언가를 소개하는 코너를 맡아달라고 했다. 기자님이 소개하고 싶은 건 뭐든 좋다고 말했고, 다행히 그는 흥미로워했다. 그리고 정말, 별걸 다 소개했다. 전시회, 산책길, 노래는 물론이고 옛 드라마의 주인공이나 경기도 연천군 동굴에서 만난 재두루미를 소개하기도 했다. 그의 소개로 나는 김추자의 노래를 처음 들었고, 예쁜 돌멩이를 책상에 놔뒀다가 마음이 시끄러울 때 가만히 쥐고 있으면 효과가 있다는 사실을 알게 되었다. 어느 가을날에는 '노래 한 곡을 온전히 감상하는 방법'을 소개한 적도 있다. 나는 지금도 가끔 이 방법대로 노래를 듣는다.

아침에 일어났을 때, 문득 달라진 공기를 느낄 때가 있죠. 더 이상 덥지 않은 날, 바람이 시원해진 날 있잖아요. 그런 날, 하루 동안 '가을 노래'를 한 곡 고르는 거예요. 일을 하거나 공부를 하면서 짬짬이 '나만의 가을 노래' 한 곡을 심혈을 기울여 골라보세요. 그리고 저녁에 집에 돌아와 샤워를 한 뒤에, 침대에 누워서 그 음악을 플레이하세요. 딱 그 한 곡만 플레이하셔야 해요. 이게 중요합니다. 노래 한 곡을 온전히 감상하기 위해서는 앞뒤로 고요함이 필요하거든요. 요즘은 보통 음원사이트로 1위부터 100위까지의 음악을 쭉 들으니까 노래의 시작이 어디고 끝이 어딘지 크게 신경 쓰지 않잖아요. 하지만 가끔은 이렇게, 노래 한 곡을 정성스럽게 들어보는 것도 좋을 거예요. 눈을 감고 음악을 들으며 조용히 중얼거리는 거예요. 아, 가을이 시작되었다!

이런 이야기가 라디오에서 흘러나올 때, 나는 내가 라디오 프로그램을 만드는 사람인 게 자랑스럽다. 이런 쓸데없는 이야기, 이토록 사소하고 재미있는 이야기는 라디오로 들어야 제맛이다. 예전에 어느 정치인이 '저녁이 있는 삶'을 슬로건으로 내건 적이 있었는데, 그 정치인은 몰라도 슬로건은 매우 내취향이었다. '저녁이 있는 삶'을 '라디오가 켜져 있는 삶'으로 바꿔보기도 했다. 라디오가 흐르는 삶. 네 삶에 라디오가 켜져 있다면. 밥을 짓고 설거지를 하고 책을 읽고 버스에 앉아 창밖을 보는 너의 일상에 만약 라디오가 켜져 있다면……. 그 다음엔 어떤 말이 올 수 있을까. 나는 이 문장을 완성하는 마음으로 프로그램을 만든다.

네 삶에 라디오가 켜져 있다면, 일상이 조금 더 즐거워질 거야. 주변의 작은 것들을 더 잘 알아보게 될 거야. '노래 한 곡을 듣는 완벽한 방법' 같은 삶의 잔기술들, 유용한 건지 무용한 건지 도대체 헷갈리는 재미있는 이야기들을 들을 수 있을 거야. 오늘 내가 만든 2시간의 방송으로 이렇게 문장을 맺을 수 있다면 참 좋겠다.

## 비 오는 날의 선곡

지금 살고 있는 집은 아파트 4층이다. 전에 살던 집은 17층이었고, 라디오국 사무실은 9층, 스튜디오는 10층에 있다. 하루의 대부분을 보내는 장소가 모두 고층이다. 쏴아, 하는 빗소리에 창밖을 내다보는 일이 왜 이렇게 드물까 생각하다가 발견한 사실이다. 땅이나 지붕이 가까워야 후두둑 빗방울 떨어지는 소리를 들을 수 있을 텐데 내 생활 반경 안에는 바닥도 지붕도 없다. 방음은 또 어찌나 잘 돼 있는지 장맛비가 저렇게 열심히 창문을 때리는데 비가 오는지도 몰랐다. 선곡하느라 귀에 이어폰을 꽂은 채 비 오는 풍경을 보고 있자니 꼭 무성영화를 보는 것 같다. 영화 〈인터스텔라〉에서 저쪽 세상을 건너다보는 이쪽 주인공이 된 것 같기도 하고.

문득 답답해서 1층으로 내려갔다. 금세 빈틈없이 꽉 채우는 사운드. 촤르르르 같기도 하고 자글자글 같기도 한 빗소리가 참 반갑다. 사무실에서 듣던 노래들에 비할 바가 아니다. 이런 날은 라디오에서 노래 대신 빗소리를 들려주면 어떨까.

\\\

"여러분, 아세요? 밖에 비 와요. 잠시 빗소리 들려드릴게요."

라디오에서 몇 분간 빗소리만 들리는 상상을 해봤다. 노래는 무슨. 이런 날은 그냥 빗소리 듣는 게 짱이지······.

# 지금이 전성기가 아닌 당신에게

MBC 라디오국을 쇠락해가는 왕조에 비유하면 우리 본부장님
께 야단맞으려나. 그렇다면 이건 어떨까. 종로나 시청 같은 강
북 구도심. 건너편에 새 아파트가 우뚝우뚝 올라가는 게 내려
다보이는 언덕 위 옛날 동네. 후암동, 망원동, 옥수동. 이태원
말고 해방촌. 판교 말고 과천. 사람으로 치면 대략 50대 언저
리. 체력도, 외모도, 감각도 점점 기울어가는 게 자연스러운 나
이. 20대라 해도, 튜브톱 입고 클럽 다니는 '힙'한 젊은이보다
는 서스데이아일랜드풍의 플레어스커트를 입고 재미없는 소
설책을 읽는, 누구는 순수하다 하고 누구는 촌스럽다 할 만한
캐릭터.

　언젠가 〈손에 잡히는 경제〉 진행자인 이진우 기자가 이런
이야기를 했다. 고용주가 아닌 고용인의 입장에서, 일하는 회
사가 오름세냐 내림세냐도 중요하지만, 그 회사가 속한 산업
자체가 상승하는 분야냐 기우는 분야냐가 노동의 퀄리티를 좌
우하는 중요한 요소인 것 같다고. 크게 공감되는 말이었다. 그
래서 내가 힘들구나! 단박에 이해했다.

\\\

영화 〈보헤미안 랩소디〉에서 '라디오 가가'라는 노래가 나올 때 나를 포함한 많은 라디오인들이 울컥했다.

I'd sit alone and watch your light

홀로 앉아 네 불빛을 지켜보곤 했어

My only friend through teenage nights

십대 시절의 밤들을 함께한 내 유일한 친구

And everything I had to know

내가 알아야 할 모든 것은

I heard it on my radio

라디오에서 들었어


You gave them all those old time stars

넌 사람들에게 그 시절 스타들을 안겨주었고

Through wars of worlds - invaded by Mars

화성 침공으로 인한 세계 전쟁도 들려주었지

You made 'em laugh - you made 'em cry

사람들을 웃기고 울렸어

You made us feel like we could fly

하늘을 나는 기분을 주었어

Radio

라디오

그리고 이 문장.

**Radio, someone still loves you!**

**라디오, 아직도 누군가 널 사랑해!**

라디오는 인간을, 삶을 참 많이 닮은 매체라고 생각하는데, 그 이유 중 하나는 전성기가 지났다는 점 때문이다. 살면서 '지금이 내 전성기다!'라고 느꼈던 순간을 선명히 떠올리기가 힘들다. 대체로 만족하며 살아온 인생인 것 같은데, 좋았던 순간에도 '지금이 전성기'라고는 생각하지 못했던 것 같다. 주변을 둘러봐도 그렇다. 전성기가 아직 오지 않았거나 이미 지나간 사람들뿐이다. '아직'은 아직대로, '이미'는 이미대로 저마다 삶이 힘들다. 혹시 인생이라는 게, 전성기라는 게 원래 그런 것이 아닐까. 인간의 본질, 삶의 본질은 '전성기가 지났음'에 있는 것 아닌가. "지금이 당신 인생의 전성기"라고 말하는 자기계발 강사들의 독려가 공허한 이유는, 전성기라는 단어가 본래 '지금'과는 공존하기 힘들기 때문은 아닐까.

가사 중엔 이런 부분도 있다.

**You had your time you had the power**

**넌 너의 시간을 누렸고 힘을 가졌었지**

**You've yet to have your finest hour Radio**

\\\

라디오의 전성기는 언제였을까. 종전과 달 착륙 소식을 전하던 그 언젠가? 가사처럼 최고의 시간이 다시 올는지 모르겠지만, 확실히 지금은 아니다. 라디오가 사람들에게 위로가 될 수 있다면 바로 그래서라고 생각한다. 가난한 청춘처럼 아직 전성기를 기다리는 중이고, 지친 어른처럼 과거의 화양연화를 남몰래 쓰다듬고 있기 때문에. 그렇게 당신의 마음과 공명하기 때문에.

Radio ,

someone still loves you!

당신의 ⬚⬚⬚⬚⬚ 는 뭔가요?

## 디제이와 사랑에 빠진 날

진정한 프로라면 함께 일하는 디제이가 좋은 사람이든 나쁜 사람이든 방송만 잘하면 그만이어야 하는데, 촌스러운 나는 자꾸만 디제이에게 진심으로 반하고 싶다. 그러지 않으려고 해도, 디제이를 진짜 좋아할 때와 아닐 때 일하는 마음가짐이 다르다. 다행히도 지금껏 함께했던 대부분의 디제이들은 진심으로 사랑할 만한 사람들이었다. 디제이에게 반하던 순간들을 선명히 기억한다.

〈정오의 희망곡〉에 발령받고 처음으로 '보이는 라디오'를 한 날이었다. 12시 시보가 울리고 방송이 시작되어 카메라가 디제이를 비추는데, 김신영 디제이가 성호를 긋고 있었다. '보이는 라디오'를 하지 않을 때는 콘솔을 보느라 몰랐나 보다. 김신영 디제이는 생방송을 시작하기 전 눈을 감고 성호를 긋는 루틴이 있었다. 그 짧은 기도에 반했다. 라디오를 진지하게 대해줘서 고마웠다.

가수 양요섭이 〈꿈꾸는 라디오〉의 디제이로 정해지고, 나는 내심 걱정했었다. 그동안 그가 아이돌로서 보여온 깔끔하고 완벽한 행보, '소년미' 넘치는 조금은 유약한 이미지 때문이었다. 일탈 한번 해본 적 없을 것 같은 이 곱상한 모범생이 자신의 진짜 이야기를 얼마나 들려줄 수 있을까? 그리하여 나는, 그가 완벽하게 정제된 얼굴에 균열을 드러낼 때마다 속으로 '됐다!'를 외쳤다. 특히 그는 청취자의 고민 사연을 소개할 때 자주 흔들렸는데, 한번은 폭언을 일삼는 아버지 때문에 괴롭고 힘들다는 어느 여학생의 사연에 얼굴이 벌겋게 달아오를 만큼 화를 냈다. 분노를 어쩌지 못하고 말까지 더듬거리는 모습을 보며 나는 양요섭 디제이에게 반했다.

〈FM데이트〉의 디제이였던 소녀시대 써니는 늘 밝은 에너지가 느껴지는 사람이다. 살인적인 스케줄을 소화하면서도 방송에선 참 잘 웃었다. 그런 그가 생방송을 하면서 눈물을 참지 못했던 두 번의 기억이 있다. 세월호 희생자 고(故) 이보미 양이 생전에 부른 노래에 가수 김장훈 씨의 목소리를 더한 듀엣곡 '거위의 꿈'을 오프닝으로 들은 날, 그리고 걸그룹 레이디스 코드의 멤버들이 큰 교통사고를 당했다는 뉴스가 전해진 날. 써니 디제이의 슬픔을 함께 느끼며, 내가 이 친구에게 프로그램의 디제이로서 대하는 마음 이상을 주게 되었구나 생각했다.

나는 온종일 프로그램을 생각하는 사람이지만 디제이는

하루에 2시간 머물다 가는 사람이다. 연예인에게 이 일은 수많은 스케줄 중 하나다. 다른 티브이 프로그램도 있고, 음악 활동과 행사도 많다. 가끔은 이 불균형 때문에 서운하거나 힘들기도 하지만, 이 사람들도 나름의 진심으로 스튜디오에 앉아 방송하고 있다는 걸 발견할 때 참 고맙다. 세상에서 제일 쓸데없는 게 연예인 걱정이라는데, 못지않게 무용한 게 연예인에게 진심으로 품는 애정일 것이다. 분칠한 사람 믿으면 안 된다는 말, 나도 안다. 너무 잘 아는데, 또 어쩌겠는가. 진심으로 좋아하고 멋지다고 생각하는 사람과 일하는 게 뱃속 편히 열정을 쏟아붓는 길인 것을.

## 세상엔 이류도 필요할걸?

퇴근 후 일주일에 한 번쯤 들르는 24시간 커피숍이 있다. 어느 날 책을 읽다가 문득 벽에 가득한 낙서들 속에 라디오 프로그램 제목 하나가 섞여 있는 걸 발견했다. 지금은 없어진 프로그램, MBC 라디오에서 일하는 사람이라면 결코 잊을 수 없는 아픈 이름이었다. 어떤 사람이, 어떤 순간에, 어떤 기분으로 남긴 낙서일까? 라디오를 듣다가 적었을까, 프로그램이 없어지고 나서였을까? 그가 너무 그리워 적어본 글자일까? 우리에게 라디오란 뭘까, 어떤 의미일까? 상념이 이어졌다.

지상파 방송사의 광고 판매율이 점점 하락한다. 영향력도 시청률도 예전만 못하다. 라디오도 마찬가지다. 채널을 막론하고 전체적인 라디오 청취율이 계속 떨어진다. 세상에는 라디오보다 재미있고 유익한 컨텐츠들이 넘쳐나고, 음악을 들을 수 있는 더 편리한 통로도 많다. 유튜브나 인터넷 방송 같은 트렌디한 매체들, 종편과 케이블 채널에서 만드는 참신한 예능이나 드라마들, 팟캐스트나 스푼라디오, 네이버 V앱이나 딩고 채널 같은 새로운 플랫폼들. 이 화려한 경쟁자들 사이에서 라디오가 너무나 초라해 보일 때가 있다. 〈와썹맨〉이나 〈워크맨〉 같은 웹 예능이 폭발적인 반응을 얻으며 성공할 때면, '그래, 피디라면 저렇게 세상을 들었다 놨다 하는 프로그램을 한번 만들어봐야 하는데' 싶고, 〈삼시세끼〉나 〈효리네 민박〉 같은 프로그램이 재미와 감동, 삶에 대한 성찰의 기회까지 선사하며 사람들을 매료시킬 때면, '좋은 프로그램 하나가 이렇게 힘이 세구나' 감탄하게 된다. 그러고 나면 내가, 라디오가, 내가 속한 방송국이 아무것도 아닌 것처럼 느껴진다. 라디오가 대체 뭘 할 수 있을까? 몇 명이나 들을까? 아무도 없는 공터에서 소리치고 있는 건 아닐까?

〈힐링캠프〉라는 예능 프로그램에 배우 차인표 씨가 출연해서 했던 얘기가 있다. 이경규 씨가 '배우는 연기로 칭찬받아야 하는데 당신은 기부로 칭찬받는다. 여기에 대해서 어떻게 생각하느냐'고 물으니 그가 이렇게 말했다. "제가 93년에 데뷔했으니까 이제 19년이 됐는데, 영화제에서 한 번도 상을 받은 적이 없고 초청받은 적도 거의 없습니다. 내가 연기자로서 이류구나 생각해요. 연기를 일류, 이류로 나누면 제 연기는 이류에요. 저는 최민식, 송강호 씨 같은 일류 연기자들처럼 명품 연기를 보여주지 못해요. 하지만 세상은요, 일류만 원하는 게 아니라고 생각하거든요. 이류 연기자도 있는 거죠. 매일 최민식, 송강호 연기만 보면 질리지 않겠어요? 가끔가다 발 연기도 한 번씩⋯⋯" 듣다 못한 이경규 씨가 "이번에 시트콤 연기 엄청 웃겼잖아요. 연기라는 게, 자신을 깨면 어느 순간 확⋯⋯" 추켜세웠지만 그는 한 번 더 쐐기를 박았다. "그럴 줄 알았는데 안 그렇더라고요. 그 순간을 기다리다가 지금 마흔여섯이 됐어요."

스스로를 이류 연기자라고 못박으며 '하지만 세상에는 이류도 필요하다'고 담백하게 얘기하는 그에게서 고수의 내공이 느껴졌다. '삶'이라는 분야의 고수. 나는 고수의 비기를 얻은 듯 그의 말을 가슴에 품고 이따금씩 꺼내 본다.

라디오가 더 이상 영향력 있는 매체가 아니라는 사실이 피부로 와닿을 때, 섭외는 안 되고 청취율은 떨어지고 제작비는 줄어 괴로울 때, '세상엔 이류도 있는 거다'라는 마흔여섯 살 배우의 말을 떠올린다. 어쩌면 나는 모든 것을 서열화하는 일에 익숙해졌는지도 모른다. 우리 사회는 대학, 회사, 직업, 동네, 자동차, 집의 형태까지 거의 모든 분야에 등수가 매겨져 있지 않은가. 비슷한 시선으로, 무의식중에 라디오는 몇 등쯤인지 가늠해보는 것이다.


다시 한번 카페 벽의 낙서를 생각한다. 짝사랑하는 사람의 이름처럼, 머릿속 고민처럼, 책 속 문장처럼, 어떤 라디오 프로그램의 제목을 적는 사람이 있다. 내가 그랬듯 누군가는 라디오가 주는 뭉근한 따뜻함에 기대 인생의 터널을 지난다. 세상에는 이런 매체도 필요할 것이다.

어떤 사람이,

어떤 순간에,

어떤 기분으로 남긴 낙서일까?

## 다행이야, 매일이라

입사 3년 차에 〈세계는 그리고 우리는〉이라는 저녁 시사 프로그램의 조연출을 했었다. 아침에 출근하면 회의를 통해 아이템을 정하고, 그 이슈에 대해 가장 잘 얘기할 만한 사람을 찾아 섭외한 뒤 원고를 작성하면 저녁 6시부터 8시까지의 생방송으로 그날의 노고가 현실화된다. 나야 초짜 조연출인지라 프로그램 내에서 할 수 있는 역할이 많지 않아서 전선에서 한발 물러나 있었(어야 했)지만, 매일매일 아이템을 하나씩 맡아 섭외하고 원고를 써야 하는 작가들과 최종 책임자인 연출 선배는 스트레스가 적지 않았다. 다룰 만한 아이템인지 아닌지 판단을 잘 못해서, 적절한 사람을 섭외하지 못해서, 진행자 컨디션이 안 좋아서, 인터뷰이가 긴장해서 등등 방송이 만족스럽지 못할 이유는 곳곳에 잠복해 있었다. 방송이 끝나면 영혼까지 탈탈 털린 상태가 되기 일쑤였고, 긴장감이 탁 풀리고 난 뒤의 허탈함을 술 한 잔으로 달래고 퇴근한 적이 많았다. 그건 말 그대로 '노동주'였다. 농부들이 밭일하면서 마시는 탁주 한 사발, 건설 현장 노동자들이 하루를 마감하며 털어 넣는 소주 한 잔, 딱 그 의미의 술잔이었다. 위로, 안도, 다시 반복될 내일로부터의 도피.

방송이 아쉬웠던 날은 피디도 그렇지만 작가들이 참 괴로워했다. 어떤 부분에 실수가 있었던 걸까 자책하게 되고 진행자와 다른 스태프들에게도 미안해한다. 그런 날이면 연출 선배가 자주 하던 얘기가 있다.

"야, 매일 하는 건데 어떻게 매일 잘하니? 이틀 잘하고 이틀 별로고 하루 평타 치는 거야. 그러면 돼. 근데 솔직히 우린 그것보다 낫잖아. 잘하고 있어."

쪼그라들 대로 쪼그라든 마음에, 저 말은 혁명적인 선언이었다. 주 5일 중에 이틀만 잘하면 된다니, 마치 커트라인을 90점에서 40점으로 낮춰주는 것과 같지 않은가. 100점은 못 돼도 80점은 돼야 할 것 같은데, 벌써 오늘 하루 틀린 것 같아 침울한데, 연출이 시원하게 결론을 내려준다. 합격! 지난 이틀 잘했으니 이번 주는 이미 합격!

라디오방송이 갖는 중요한 특징의 대부분이 '매일'에서 나온다. 분명 연예인임에도 유독 디제이에게는 터무니없는 친근감을 느끼는 이유, 연예인들이 라디오 디제이 제안에 수락을 망설이는 이유, 디제이를 그만두게 만드는 이유, 그럼에도 마지막 방송이면 여지없이 눈물을 보이며 애틋해하는 이유, 라디오 피디들이 예능 피디나 드라마 피디에 비해 생활이 단조

로운 이유, 별것 아닌 라디오 광고가 뇌리에서 지워지지 않는 이유, 청취율이 오르거나 떨어지는 데 시간이 오래 걸리는 이유, 디제이의 됨됨이가 결국에는 드러나는 이유, 피디와 작가가 어떤 사람인지 프로그램에 묻어날 수밖에 없는 이유 모두 매일 하기 때문이다. 매일 하기 때문에 힘들고, 지겹고, 정도 든다. 매일 하기 때문에 결국엔 들킨다. 매일같이 차곡차곡 만들어진 이미지, 흐름, 기세이기 때문에 바꾸기가 어렵다. 그래서 라디오가 무섭다. 티브이나 영화, 다른 어떤 트렌디한 미디어가 보여주는 '빵 터지는' 화려함은 없지만 매일매일 쌓아가는 이야기들은 라디오가 가지는 힘이다. 시간이 무섭듯, 일상이 무섭듯, 밤새 조용히 내리는 눈이 무섭듯 라디오가 무섭다.

라디오 프로그램을 만드는 데 가장 힘든 점이 '방송을 매일 해야 한다'는 것인데, 사실 가장 위로가 되는 부분도 그 지점이다. 수많은 하루 중에 이런 날도 있는 거라고 생각하면, 그게 뭐든 받아들이기가 덜 심란하다. 매일 하는데 어떻게 매일 좋겠나? 좋을 때도, 나쁠 때도, 이상할 때도, 고약할 때도 있는 게 자연스럽지. 매일 잘할 수 없기 때문에, 매일 기회가 있다는 게 다행스럽다.

## 시계를 보는 마음

매일 반복되는 게 라디오이지만, 언젠가는 그 반복이 끝나는 것 또한 라디오이다. 첫 방송의 설렘으로 자기 프로그램을 시작한 모든 디제이가 마지막 방송을 한다. 6개월이든 10년이든 예외 없이 누구나 어느 날에는 청취자에게 마지막 인사를 해야 한다. "지금까지 진행에 OOO였습니다. 감사합니다." 그리고 거짓말처럼, 다음 날부터 새로운 디제이가 그 자리에 앉아 떨리는 마음으로 첫인사를 건넨다. "삶은 영원히 반복되는 여행"이라는 노래 가사처럼, 라디오야말로 그렇다.

처음 라디오를 진행하는 사람에게 몇 가지를 알려주며 방송을 시작한다. 큐시트 보는 법, 토크백(스튜디오 밖의 스태프들에게 말할 수 있는 마이크) 위치, 기침하고 싶을 때 누르는 버튼, 시그널 BG의 업다운 포인트, 마이크가 켜질 때 '온에어' 불이 들어오는 곳, 그리고 가장 중요한 '시계 보는 법'.

라디오 생방송 스튜디오의 시계에는 세 종류의 시간이 표시된다. 현재 시각(ex. 9시 40분), 프로그램이 시작된 후 지금까지 흐른 시간(ex. 40분), 프로그램 종료까지 남은 시간(ex. 17분). 가장 신경써야 하는 건 '남은 시간'이다. 피디가 광고 시간과 끝 곡 길이, 클로징 멘트를 할 시간을 계산해서 디제이에게 알려주기 때문이다. "초록 시계로 5분에 광고 갈게요~" 디제이는 시간을 보면서 토크를 하다가 정해진 시간에 마무리해야 한다. 안 그러면? 끝 곡이 너무 짧게 나간다거나 클로징 멘트를 늘여야 한다거나, 최악의 경우 광고가 잘리는 대형 사고가 나기도 한다. 그러니 디제이는 반드시 시계를 잘 봐야 한다. 그런데 이게 초보자에게는 결코 쉽지 않다. 방송을 재미있게 진행하는 것에만 집중해도 어려운데 시간까지 확인한다? 라디오 생방송에 꽤나 익숙해져야 가능한 일이다. 익숙해지면, 게스트의 말에 박장대소로 리액션을 해주면서 시간을 흘끗 확인하고 마무리할 타이밍을 계산할 수 있다. 매끄럽게.

어찌 보면, 그날그날 충전되는 방송 시간을 어떻게 운용하느냐가 라디오의 본질인 것도 같다. 오프닝 멘트를 시작할 때 57분을 가리키던 초록 시계는 점점 숫자가 줄어 30초, 20초, 0이 되면서 그날의 프로그램이 끝난다. 그리고 다음 날, 또 57분의 초록 시계를 보며 방송을 시작한다. 30분 남았으니까 1부가 끝났네, 광고 가야지, 3분 남았으니 끝 곡 소개를 해야겠네, 부지런히 계산하며 무사히 방송을 마치면 퇴근. 자고 일어나면 다시 오늘 내가 소진해야 하는 초록색 숫자가 나를 기다린다. 그렇게 영원히 끝날 것 같지 않은 매일을 반복하는 동안 익숙해지고, 지겨워지고, 흘끗 시계 한번 보는 것만으로도 클로징 멘트 길이를 조절하게 될 때쯤, 거짓말처럼 마지막이 온다. 더 이상 초록 시계가 충전되지 않는 날, 오늘 불 들어온 저 숫자가 0이 되면 이제 떠나야 하는 날.

끝나는 시간을 인식할 줄 알게 되면 프로다. 그리고 진짜 성숙한 진행자는 더 이상 초록불이 들어오지 않는 시계도 볼 줄 안다. 어른이 된다는 것, 삶을 제대로 살 줄 안다는 건 죽음을 알고 있다는 뜻인 것처럼.

오늘도 0이 되고야 마는 초록색 시계를 바라보며 이것이야말로 삶에 대한 강렬한 은유가 아닌가 생각한다. 매일 반복되는 삶의 권태를 이겨내기 위해선 언젠가 올 마지막을 보는 상상력이 필요하다. 일상 속에 존재하는 무수한 사라짐들, 사소한 마지막들을 보며 나의 죽음을 인식하는 힘. 그것이 시계를 보는 마음이다.

생방송 중에 시계가 눈에 들어온다면?

짝짝짝~ 축하드립니다!

초보 디제이를 벗어나셨네요!

# 아름다움이 서사를 만나면

아이돌 가수를 디제이로 섭외하고 첫 방송을 하기 전, 몇 권의 책을 선물했다. 아무래도 일상 경험이 부족할 듯하여 청취자들의 사연에 코멘트하는데 도움이 될 만한 책들로 고르고, 짤막한 쪽지도 넣었다. "아름다움이 서사를 만나면 매혹이 된대. 라디오를 진행하면서 네게 서사가 생기기를, 그래서 더 매혹적인 아티스트가 되기를."

이서희 작가의 《이혼일기》에 나오는 문장이다. "아름다움이 서사를 만나면 매혹이 된다." 외모로는 우열을 가리기 힘든 수많은 연예인이 오늘도 대중의 마음을 얻기 위해 각종 채널에서 매력을 어필하는 가운데, 누구는 시선을 사로잡고 누구는 스르르 잊힌다. 예쁨만으로는 한계가 있다. 사람의 마음을 흔드는 건 '서사가 있는 아름다움'이다(극단적으로 예쁘다면 그 자체가 서사가 되는 것 같기도 하다만). 나는 서사를 만들어가기에 더없이 좋은 매체가 라디오라고 생각한다. 새로운 만남, 우정의 구축, 인연이 이어지는 신비, 생방송의 해프닝, 이 모든 일상의 반복 그리고 시간의 축적. 첫 방송에서 바들바들 떨던 디제이가, 고

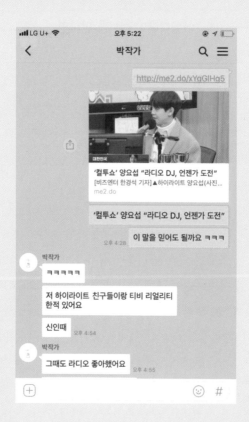

연예인들이여,

디제이 해보고 싶다고 함부로 인터뷰하지 마시라……

_순진한 피디

정 게스트와의 첫 만남에서 다소 어색하던 분위기가 시간이 지나며 어떻게 변해가는지 청취자들은 실시간으로 지켜본다. 그 과정에서 프로그램에는 에피소드가 쌓이고 디제이에게는 캐릭터가 부여되며, 팬들에게는 이야깃거리가 생긴다. 서사다. 각본 없는 서사.

　가끔 개편 시즌에 디제이 섭외 업무가 주어진다. 라디오 진행자를 구하는 일은 마치, 연극배우나 시인 같은 가난한 예술가가 사랑하는 사람에게 프러포즈하는 장면과 비슷하다. 다른 매체들에 비해 출연료는 턱없이 적은데 시간은 많이 뺏는다. 매일 꼬박꼬박. 심지어 행사나 예능처럼 몇 마디 얘기하고 마는 것도 아니고 2시간 내내 떠들어야 한다. 효율과 합리(라고 쓰고 '단가'라고 읽는다)의 언어로는 설득하기 힘들다. 그러나 이 세상에는 그런 종류의 사람이 있다. 행사의 몇 분의 일밖에 안 되는 출연료지만 라디오 디제이를 하고 싶은 사람. 라디오 부스에 앉아 음악을 나눠 듣고 속 이야기를 전하는 시간을 좋아하는 사람. 이 세상 어딘가에 라디오를 즐겨 듣는 사람이 있는 것처럼, 연예인 중에도 디제이를 하고 싶어 하는 사람이 있다. 지금도 누군가는 가난한 예술가와 사랑에 빠진다.

　그래서 오늘도 굶주린 하이에나처럼 찾아 헤맨다. 티브이나 영화를 보면서, 인터뷰 기사를 읽으면서도 유심히 들여다본다. 어디, 디제이를 하고 싶어 할 만한 상인가…….

"자네 정말 아름답구먼. 그런데 이런 얘기 들어본 적 있나? 아름다움이 서사를 만나면 매혹이 된다고. 출연료는 좀 적네만, 그 서사라는 게 말이지, 다양한 음악도 알게 되고, 사람 사는 얘기도 들어보고……이런 게 다 뼈가 되고 살이 되거든. 그래서 말인데, 혹시 자네 디제이 할 생각 없나?"

가끔은 나도 내가 잡상인이나 사기꾼 같지만, 딴에는 진심이다. 서사를 만들어주겠다, 그래서 당신의 팬뿐 아니라 당신을 모르는 청취자들에게도 당신의 매력을 보여주겠다는 다짐으로 꼬신다. 이 투박한 유혹에 흔들리는 류이길 빌며.

그러니 연예인들이여, 라디오 좋아한다고, 언젠가 디제이 해보고 싶다고 함부로 인터뷰하지 마시라. 웃자고 한 말에 죽자고 섭외 전화 걸 수도 있으니. 그냥 하는 말인지 아닌지, 혹시나 진심이었던 건 아닌지 확인해야만 포기가 되는 순진한 피디들이 있다.

라디오뽕

우원재 : 2주면, 짧은 기간이잖아요. 저는 이런 경우엔 정을 안
주려고 하는 편이에요.
너무 좋아하거나 사랑해버리는 순간 끝나니까요, 오늘처럼.
그런데 어쩔 수 없이 정이 들었네요.
사실 그렇게까지 떠나고 싶지는 않습니다. 더 하라고 하면 하고
싶은데, 그래도 이렇게 박수칠 때 떠나는 게 멋있는 거니까.

저희는 둘 다 집에 있는 걸 좋아하는 성격이라서, 요즘 분들이
좋아하시는 노래가 뭔지, 어떤 고민을 갖고 계신지, 어떤 생각들을
하시는지 알 수 있는 방법이 많지 않아요.
그런데 이번에 2주 동안 라디오 디제이를 해보면서 어떤 노래를
좋아하시고 어떤 고민들이 있으시고 무엇 때문에 힘들어하시는지
조금 알게 됐어요.
제가 음악 작업에 쓸 수 있는 요소들이 많아졌지요.
그리고 내가 너무 나만 보고 있었구나, 사회에 몸담지 않고
살았구나, 라는 걸 느꼈어요.

굉장히 좋은 경험이었다고 생각합니다.


**코드쿤스트** : 저는 저의 감정이 제일 중요하고, 제가 제일 중요한
사람인데요, 여기 앉아서 다른 사람들의 사연을 읽으며 마음이 가고,
감정이 흔들리고 그랬습니다.
마음이 풍족해진 것 같아요, 지난 2주간.
뭔가 꽉 찬 느낌이 들어요.
사연을 보내주신 청취자분들이 궁금해지기도 했었어요.
어떤 사람일까…….


이런 것들, 잘 간직하고 떠나겠습니다.
이제 본업으로 돌아가서 말 말고 음악으로 저희 이야기를
들려드리겠습니다.


　　2주간의 스페셜 디제이를 마치고 마지막 방송을 녹음하던
날, 우원재와 코드쿤스트가 했던 말이다. 세상 힙한 뮤지션, 래
퍼 특유의 오만함과 자신감으로 기존의 라디오에서 본 적 없
던 진행을 보여준 이 매력적인 아티스트들은 마지막 날 이렇
게 감상적인 소감을 툭 내뱉고 떠났다. 마지막 방송분을 편집
하면서, 나는 편집기의 일시 정지 버튼을 눌러가며 이 코멘트
를 메모장에 받아적었다. 나에게만 라디오가 사랑스러운 게
아니라는, 경험하기만 한다면 누구든 매료될 만한 매체라는
'라디오뽕'이 마구 차올랐다.

그래, 우리가 돈이 없지 낭만이 없냐.

몇 달 뒤, 우원재는 타 방송사 프로그램의 디제이가 되었다. 좋은 디제이 후보를 놓쳤다는 아쉬움에 속이 쓰린 한편 뿌듯하기도 했다. 헤어진 남자친구가 나랑 비슷한 여자를 또 만난다는 소식을 들을 때의 감정이라고나 할까.

짜식, 진짜 재미있었구나?

## 막방과 첫방은 하루 차이

〈꿈꾸는 라디오〉의 양요섭 디제이가 군에 입대하며 하차하게 됐다. 마지막 방송을 하는 날, 이별 노래를 종류별로 들으면서 (빠른 곡, 느린 곡, 남자 보컬, 여자 보컬) 큐시트를 짰다. 방송에서 쓸 청취자 컷을 편집하고, 슬픈 BGM을 찾아두고, 마지막으로 스태프들이 디제이에게 주기로 한 편지를 적고 난 뒤…… 내일 새 디제이와 함께할 첫 방송을 준비한다. 바뀌게 될 코너의 코드음악, 로고송, 홈페이지를 챙긴다. 오늘 생방송 후 쫑파티를 하면 내일 컨디션이 안 좋을 게 뻔하므로 오늘 미리 해둬야 한다. 막방을 준비하며 눈물 줄줄 흘리다가 내일 새 디제이와 함께할 첫 방송의 회의를 하려니 같이 일하는 작가가 그런다. "피디님, 바람 피는 기분이에요……."

이래서 라디오가 삶과 닮았다는 거다. 줄기차게 찾아오는 내일. 잔인하도록 성실한 시간의 흐름. 이런 날은, 이렇게 특별한 날은 잠시 쉬었다가 흘러가도 될 텐데 봐주는 것 없이 오늘이 지나면 내일이 온다. 매일매일이다. 라디오도, 삶도.

\\\

방송을 하다 보면 가끔 망할 게 예상되는 날이 있다. 어쩔 수 없이 받은 신인이 게스트로 나오는 날, 디제이의 컨디션이 유달리 안 좋은 날, 코너 구성을 탄탄하게 준비하지 못한 날, 이런저런 이유로 아침에 출근하면서부터 '아, 오늘 방송은 좀 별로일 텐데……' 싶은 날이 있다. 그래도 가서 해야 한다. 망할 게 분명한 방송이래도 가서 꾸역꾸역 두 시간을 채워 넣어야 한다. 인생이 그런 거라고 생각한다. 내 상태가 어떻든 개의치 않고 오늘은 지나가고 내일이 다가온다. 참 공평하게 무심하다.

김건모의 곡을 리메이크한 싸이의 '아름다운 이별2'(Feat. 이재훈) 가사가 생각난다.

**이 와중에 배가 고프니 미쳤나보다**

**이별하고 나도 그래도 배고프다고**

**밥 먹는 걸 보니 나도 사람인가보다**

인생을 표현하는 중요한 단어 중 하나가 '이 와중에'가 아닐까. 상중에도 밥을 먹고 농담을 한다. 이 와중에 배가 고프고, 이 와중에 애는 보채고, 이 와중에 돈은 벌어야 하고, 저 남자는 잘생겼고, 버스 놓칠까 봐 뛰어야 하고…… 그렇다, 언제나.

"우리가 놓지도, 우리를 놓지도 않았는데 이별해야 하는 나의 특별한 디제이에게"라고 편지의 첫 줄을 써놓고 훌쩍거리는 와중에 내일부터 사용할 로고송의 파일 상태가 안 좋아 다시 보내달라고 전화를 했다. 라디오는 참, 삶과 닮았다.

# ◆ 영화는 아니고, 영화음악 ◆

### – 이소라 '신청곡' (Feat. SUGA)

〈스코어 : 영화음악의 모든 것〉은 영화음악을 만드는 사람들에 관한 다큐멘터리 영화이다. 이 영화에 〈어벤져스 : 에이지 오브 울트론〉과 〈아이언맨3〉의 음악을 맡았던 작곡가 브라이언 타일러의 인터뷰가 나오는데 꽤 흥미로웠다. 그는 관객들의 반응이 궁금할 때 영화관을 찾아가서 상영이 끝나길 기다렸다가 화장실로 달려간다고 한다. 관객들이 화장실에서 영화에 나왔던 멜로디를 흥얼거리는지 들어본다는 것이다. 사람들은 영화의 스토리가 어땠고 배우들의 연기가 어땠는지에 대해서는 신나게 이야기하지만, 여간해선 영화음악에 대한 감상을 나누진 않는다. 영화음악은 적극적인 대화 소재가 아니라, 은연중에 스며들어 자신도 모르게 흥얼거리게 되는 장르인 것이다. "이 영화음악 어땠어요?" 묻는 게 아니라 사람들이 흥얼거리는지 아닌지를 관찰하는 것, 이거야말로 영화음악에 대한 정확한 정의라는 생각이 들었다.

라디오는, 영화보다는 영화음악에 가까운 것 같다. 티브이나 영화, 책, 유튜브, 팟캐스트 등등 여타 매체들처럼 집중해서 라디오를 듣는 일은, 최근엔 흔한 풍경이 아니다. 과거 언젠가는 인기 라디오 프로를 듣지 않으면 다음 날 학교에서 대화에 낄 수 없었다고도 하지만, 요즘은 운전하거나 집안일을 할 때나, 미용실이나 네일샵 같은 가게의 배경음악으로 익숙하다. 영화로 치자면, 플롯이나 연기, 미장센 같이 전면에 드러나는 요소라기보단 음악처럼, 관객들의 눈에 띄지 않은 채 감정을 부채질하는 무언가가 아닐까.

라디오에서 나오는 철지난 유행가에 옛날 생각을 떠올리기도 하고, 디제이가 들려주는 사연을 친구에게 얘기해줄 수도 있다. 그런 게 바로 라디오가 선사하는 삶의 '흥얼거림'이라 하겠다. 그러다 어느 순간 〈죠스〉나 〈007 시리즈〉처럼 강력한 영화음악을 듣게 될지도 모른다. 어떤 영화들은 음악을 빼놓고 떠올릴 수 없듯이, 아니, 그 음악이 들려오면 자동으로 어떤 영화가 소환되듯이, 삶의 어떤 장면들은 라디오에서 흐르던 노래나 디제이의 목소리로 떠올려질 수도 있지 않을까.


타블로가 만든 이소라의 노래 '신청곡'은 라디오에 관한 노래이다. MBC에서 오래 디제이를 했던 타블로와 이소라의 곡이라 그런지 더 찡하게 느껴지는데, 이소라가 부르는 멜로디 부분이 라디오를 듣는 청취자의 마음이라면 방탄소년단 슈가가 피처링한 랩 파트는 라디오를 의인화한 가사로 들린다.

**난 당신의 삶 한 귀퉁이 한 조각이자**

\\\

그대의 감정들의 벗 때로는 familia

때때론 잠시 쉬어가고플 때

함께임에도 외로움에 파묻혀질 때

추억에 취해서 누군가를 다시 게워낼 때

그때야 비로소 난 당신의 음악이 됐네


그래 난 누군가에겐 봄 누군가에게는 겨울

누군가에게는 끝 누군가에게는 처음

난 누군가에겐 행복 누군가에겐 넋

누군가에겐 자장가이자 때때로는 소음


라디오에 관해 이보다 정확하고 아름답게 표현한 문장이
또 있을까.

삶 한 귀퉁이 조각, 그대 감정의 벗.

누군가에겐 자장가, 때로는 소음.

흔하게 흘러나오는 노래라 생각하겠지만 당신이 추억에
취해 누군가를 게워낼 때 비로소 당신의 음악이 될, 라디오.

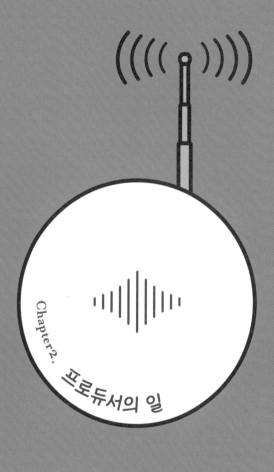

Chapter2.

프로듀서의 일

# 라디오 피디가 하는 일

〈정오의 희망곡 김신영입니다〉 생방송을 하고 있는데, 다른 프로그램 때문에 MBC에 오신 배우 이계인 씨가 복도를 지나가는 게 보였다.

"선생님~ 신영이 지금 생방 중인데, 잠깐 들어가실래요?"

"누구? 김신영이? 아, 그럼 보고 가야지!"

온에어 불이 켜져 있는 스튜디오의 문이 열리고 이계인 씨가 "신영아~"라고 부르며 등장했다. 멘트를 하던 디제이가 깜짝 놀라는 장면이 그대로 전파를 탔고, 말 그대로 '지나가다 들른 친한 아저씨'는 특별 게스트가 되었다. 신영 디제이는 한동안 안 하던 '모팔모 성대모사'를 오랜만에 선보였는데, 청취자들이 어떤 게 진짜 이계인 씨 목소리인지 헷갈린다며 즐거워했다. 그날 〈정오의 희망곡〉의 끝 곡을 방탄소년단의 'Make it right'에서 강은철의 '삼포로 가는 길'로 바꿨다. 이계인 씨의 신청곡이었는데, 어쩐지 내게는 '삼포'가 '삼천포'로 보였다.

라디오 피디의 역할이 뭘까. 이 프로그램 안에서 내가 할 수 있는 일이 얼마나 되나, 10년 넘게 한 가지 일을 했는데 왜 나는 어떤 분야의 전문가인지 자신 있게 말할 수 없을까, 고민될 때가 있다. 〈정오의 희망곡〉으로 발령받고 김신영 디제이가 얼마나 뛰어난 진행자인지 가까이에서 보고 난 뒤로는, 이곳에서 해야 할 가장 중요한 일은 '진행자를 기분 좋게 해주는 것'이 아닐까 생각하기도 한다. 신영 씨는 정말 천재적이어서, 본인이 '필'만 받으면 그 어떤 목석같은 게스트가 와도 배꼽 빠지게 웃기는 방송을 만들어낼 수 있기 때문이다. 내 역할은 신영 씨의 흥을 북돋아주는 것이다.

이계인 씨가 스튜디오를 급습했던 오늘 방송은 참 재미있었다. 라디오 생방송이란 이런 맛이지 싶을 만큼. 그런데 한편으론 이런 생각도 든다. 외부 사람, 이를테면 헤드헌터에게 라디오 피디로서 내가 하는 일을 설명한다면 어떤 반응일까? 진행자의 개그에 리액션을 잘하고요, 생방송 중에도 주위를 살펴서 지나가는 연예인을 한눈에 알아보고요, 처음 보는 연예인에게 넉살 좋게 다가가서 스튜디오로 모셔오기도 하고요, 방탄소년단 노래를 난생처음 들어보는 옛날 트로트로 바꿔 틀기도 해요. 헤드헌터의 대답이 들리는 것 같다. "아, 네. 선생님이 가실 수 있는 다른 회사는 없고요, 그냥 지금 계신 곳에서 즐겁게 사시는 게 좋겠네요."

네, 제 생각도 그렇습니다. 내일도 진행자 멘트에 힘껏 박장대소하는 걸로.

\\\

주몽 왕자님!
오늘 끝 곡은
'삼천포로 가는 길, 입니다~

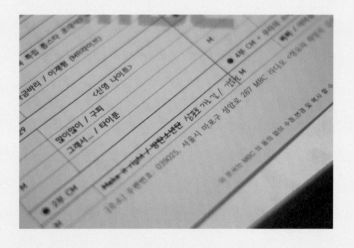

## 초대석보다 중요한 건 매일코너

라디오국에는 1년에 두 번, 봄과 가을에 개편이 있다. 코너 개편을 마치면 피디는 부장에게 '주간 구성안'을 제출해야 한다. 한 학기(다음 개편까지의 6개월을 라디오국에서는 '학기'라고 표현한다)를 어떻게 꾸려갈 것인지 보고하는 것이다.

라디오 프로그램에는 '매일코너'와 '요일코너'가 있다. 이름 그대로다. 매일매일 하면 매일코너, 일주일에 한 번 하면 요일코너. 1, 2부 한 시간은 매일 같은 구성으로, 3, 4부 한 시간은 요일별 코너로 구성하는 프로그램이 많다.

언제나 기발한 연출을 보여주어 정말 천재가 아닐까 싶은 H선배가 어느 날 이런 이야기를 했다. "프로그램을 하다 보면 자꾸 섭외에 신경 쓰게 돼. 그게 제일 티가 많이 나거든. 안에서 '그 피디 열심히 하네' 소리도 듣기 쉽고, 밖에서 기사도 많이 나고. 그런데, 진짜 중요한 건 매일 하는 코너야. 오프닝 같은 것 있잖아. 매일 반복하는 코너를 어떻게 만드느냐가 그 프로그램의 성패를 결정하는 거야."

오프닝이나 필러(오늘 방송할 내용을 고지하고 광고 멘트를 읽는 시간. 보통 오프닝 음악 뒤에 이어짐)는 거의 모든 프로그램에 당연하게 존재하는 것이어서 보통 주간 구성안에도 넣지 않는다. 그런데 천재 H선배는 그런 것이야말로 프로그램 성공의 열쇠라고 얘기한다. 시간이 흐를수록 생각나는 말이자, 실행하기 참 쉽지 않은 조언이다.

초대석 섭외는 겉으로 단박에 드러나는 피디의 체면이다. 어느 프로에 누가 나왔는지 자꾸만 흘끔거리게 되고, 더 센 사람을 잡고 싶어 초조해진다. 반면에 매일코너는 자리만 잡히면 피디가 신경 쓰지 않아도 작가들에 의해서 잘 굴러간다. 시그널 음악과 오프닝 포맷이 잘 어울리는지, 고정 게스트가 프로그램에서 역할을 제대로 하고 있는지, 코너의 구성은 적절한지 등등을 근본적으로 고민하는 건 개편 시즌이 아니면 하기 힘들다. 하루하루 방송을 꾸려가기도 바쁘니까.

하지만 냉정히 생각해보면, 인터뷰 전문 프로가 아닌 다음에야 초대석을 들으러 오는 청취자는 뜨내기손님일 가능성이 높다. 어떤 아이돌, 어떤 배우가 출연한다는 소식에 처음 주파수를 맞춘 청취자라면 그 아이돌이 나오는 프로그램을 찾아 다시 채널을 돌릴 테니 말이다. 유명 연예인이 출연하는 걸 들으러 왔다가 라디오에 정착할 수도 있지 않을까 기대하는 마음으로 섭외하긴 하는데, 아무래도 낭만적인 발상인 것 같다. 라디오를 듣는 행위는 생활 패턴과 밀접하게 연관되어 있기 때문이다. 출퇴근길에, 설거지를 하다가, 외근 나가는 승용차 안에서 라디오를 듣는 기존 청취자들은 유명인이 나와도 들고, 안 나와도 듣는다. 오히려 이름 모를 아이돌과의 어색한 인터뷰보단, 능숙한 사연 소개나 익숙한 고정 게스트와의 친밀하고 자연스러운 대화가 듣기 편할 것이다. '스타 초대석' 같은 코너가 거의 없는 CBS 음악 채널이 꾸준히 높은 청취율을 유지하는 비결도 여기에 있지 않을까.

섭외보다 매일코너가, 초대석 인터뷰이보다 고정 게스트가 훨씬 중요하다는 건 우리가 사랑했던 프로그램들을 떠올려보면 쉽게 이해된다. 〈타블로와 꿈꾸는 라디오〉 하면 떠오르는 건 '타종균(타블로, 김종완, 하동균)' 조합과 '블로노트'라는 매일 코너다. 〈이소라의 음악도시〉 하면 '그 남자, 그 여자'에서 들려주던 간지러운 사랑 얘기들이 떠오르고, 〈유희열의 라디오천국〉 하면 임경선, 이동진 같은 고정 게스트들이 생각난다. 〈박명수의 두시의 데이트〉에서 매일 '우쥬 라이크 썸씽 투 드링크?'라고 할 때, 〈메이비의 볼륨을 높여요〉에서 디제이가 배구공 윌슨과 되지도 않는 말싸움을 벌일 때 낄낄거리며 웃었던 기억 때문에 지금도 그 디제이들을 보면 반갑다. 〈배철수의 음악캠프〉의 시그널 음악과 "철수는 오늘⋯⋯"로 시작하는 내레이션 코너, 〈푸른밤 성시경입니다〉의 "잘 자요"라는 끝인사는 시그니처라는 말의 뜻을 그대로 보여준다. 그 프로그램들은 내 안에 무언가로 남아 있다. 내 영혼에 흔적을 남긴 라디오 프로그램들이 있는데, 그건 초대석에 출연했던 화려한 게스트들 때문이 아니다. '그런 사람까지 출연했던 프로였지!'라는 후광 역할 정도는 하겠지만, 섭외에 감탄해서 그 라디오 프로그램을 사랑하게 되지는 않는다.

내가 요즘 연출하고 있는 〈정오의 희망곡 김신영입니다〉
는 광고주 소개 멘트를 디제이와 막내 작가가 함께 읽는다. 지
금은 많이 좋아졌지만 김신영 디제이가 처음 라디오를 시작할
때 난독증이 있었다고 한다. 이 문제를 해결할 겸 광고 시간도
재미있게 꾸며볼 겸 생각해낸 아이디어가 이 프로그램의 개
성이 되었다. 막내 작가와 신영 디제이가 번갈아 "○○자동차
╱(끝 음을 올려야 함!), ○○ 렌터카╱, ○○ 제약╱" 하며 장난스럽
게 읽는 걸 들으며 피식피식 웃는다. 처음 이런 생각을 한 피디
는 누구였을까? 그 자투리 시간도 버리지 않고 살려낸 내공에,
내가 런칭한 몇몇 프로그램이 오래 가지 못하고 사라진 이유가
보이는 듯하다. 프로그램을 이슈화 하려는 욕심에 '거물 게스
트'를 섭외하는 일에만 몰두하지는 않았나. 매일 반복되는 사
소하지만 중요한 것들을 놓친 건 아닌가.

집으로 비유한다면, 초대석 코너는 거실이고 매일코너는
그보다 안쪽에 있는 안방이나 주방이다. 손님이 다녀가는 공
간을 보기 좋게 꾸미는 것도 중요하지만, 우리가 오래 머무는
곳을 아늑하고 단정하게 가꾸지 못하면 무슨 소용일까. 매일
코너가 중요하다. 삶에서 일상이 중요한 것처럼. 매일매일 하
고 있는 일이 삶을 구성하는 진짜 요소다.

내가 연출했던 〈꿈꾸는 라디오〉에는 '꿈꾸라 대나무숲'이라는 코너가 있었다. 이름에서 알 수 있듯 청취자들의 고민 사연, 비밀 이야기를 들어주는 시간인데 한 가지 특징이 있다. 이 코너는 '다시듣기' 서비스를 제공하지 않는다. 대나무숲, 즉 비밀이 보장되는 안전한 곳이어야 하니까. 판타지 소설에 등장하는 가상의 시공간처럼 순식간에 나타났다 흔적 없이 사라지는 게릴라성 코너라는 게 애초 기획이었다. "오늘, 꿈꾸라 대나무숲 열립니다"라는 말이 신호가 되어 그 순간부터 주고받는 말들은 다시듣기에서 사라지는 장면을 상상했는데, 현실에서 그렇게 드라마틱하게 구현되지는 않았고 다만 고정 게스트 이준오 씨의 존재가 청취자들 사이에서 '있다고는 하는데 흔적을 찾을 수 없는' 유니콘 같은 이미지가 되기는 했다.

다시듣기가 없다는 건 사연을 쓰는 청취자뿐 아니라 디제이와 게스트에게도 약간의 자유를 더 주는 것 같았다. 특히 가족으로 인한 고민이나 연애 사연들처럼 연예인이 방송에서 '솔직하고 모진 말'을 하기 어려운 주제일 때 "이건 진짜 다시

듣기가 없어서 하는 말인데……"라면서 직언의 말을 꺼내는 경우가 적지 않았다.

기술이 지금처럼 좋아지기 전, 본래 방송의 특징 중 하나는 '휘발성'이었다. 전파를 통해 broad하게 casting되고 나면 흔적 없이 사라지는 것, 이게 기존의 인쇄 매체와 다른 점이자 방송에 종사하는 사람들에게 종종 정체 모를 허무함을 느끼게 하는 주범이었다. 20년, 30년 동안 매일같이 방송을 만들었는데 그 결과물을 볼 수도, 만질 수도 없는 아쉬움에 대해 선배들은 이따금씩 토로했고, 신문사나 잡지사에서 일했다면, 건물을 만드는 사람이었다면, 영화필름이라도 손에 쥘 수 있었더라면 어땠을까 얘기하기도 했다. 제작자뿐 아니라 청취자에게도 마찬가지다. 공테이프를 끼우고 조심스레 녹음 버튼을 누르던 마음은 흘러가버릴 시간을 붙잡으려는, 디제이와 내가 공유하고 있는 이 순간의 증거를 남겨두려는, 전파라는 허깨비가 사라진 뒤에 찾아올 망각에 저항하려는 애틋함이었다. 라디오라는 매체를 특별하게 만드는 지점은 결국 여기에 있는 게 아닐까 생각했다. 누구도 인터넷에 서운해한다거나 케이블티브이를 그리워하지는 않는데 유독 라디오는 마치 사람이라도 되는 양 감정을 품는다. 매일 함께해서, 일상의 이야기들을 주고받아서, 마음을 나눠서, 그리고 그렇게 흘러가 다시는 돌이킬 수 없어서. 우정처럼, 시간처럼, 삶처럼. 언제든지 다시 찾아 들을 수 있다는 편리함이 앗아간 그 무언가를 잠시라도 느껴보고 싶었고 그러기 위해선 인위적인 퇴행이 필요했다. 그래서, 일주일에 한 시간은 다시듣기를 없앴다. 아쉬워하기를 바랐다. 그 코너를 다시 들을 수 있는 다른 방법을 찾기를, '곰녹음기' 든 뭐든 '현대판 공테이프'를 궁리하기를, 녹음한 파일을 청취자들끼리 돌려 듣기를 상상했다. 그가 가진 매력 때문에 사랑에 빠진다면, 그의 결핍에 사랑이 깊어지는 법 아니던가. 아이돌 디제이의 어린 팬들도 라디오라는 매체와 사랑에 빠질 수 있기를 바라는 마음으로 열심히 코너를 짜고 장치를 고민했었다.

사라지고 휘발되고 잊힌 자리에 남아 있는 한 줌의 기억, 그만큼이 진짜 우리가 가져갈 수 있는 감정의 몫 아닐까. 다시듣기를 하지 않아도 기억나는 그것 말이다.

## 덕심의 힘으로

아이돌이 출연하는 프로그램을 하다 보면 팬들로부터 이런저런 선물을 받게 된다. 먹기 황송할 만큼 예쁘게 각 잡힌 간식부터 케이크, 액자, 티셔츠까지. 선물 안에는 '잘 부탁한다'는 편지가 들어 있다. 얼마 전까진 '조공'이라고 불렸는데, 어감이 안 좋아서인지 요즘엔 보통 '서포트'라고 한다.

여기까지 읽고, '한심하다'고 생각하는 사람도 분명 있을 것이다. 시간과 돈과 에너지를 왜 저런 쓸데없는 데 쓰나, 좋아하는 연예인한테 주는 것도 아니고 그 연예인이 출연할 프로그램 스태프들한테 주는 선물이라니 말이다. 나도 처음엔 정말 이상하다고 생각했다. 학창 시절에도 누군가의 팬질을 해본 적이 없어서, 피디가 되고 이런 선물을 처음 받았을 때 '프로그램이 제일 잘 되길 바라는 사람은 나인데 왜 얘네가 나한테 잘 부탁한다고 하는 거지?' 이해가 안 됐다. 누군가를 얼마나 좋아하면 이럴 수 있는 걸까 생각하기도 했다. 내가 딸들에게도 만들어준 적 없는 퀄리티의 도시락을 받는다. 내가 우리 아이들을 사랑하는 것보다 얘네가 자기 가수를 더 사랑하는 것 같다고, 농담 섞어 감탄했다. 때로는 우리 가수에게 힘든 것 시키지 말라고 제작진에게 화를 내기도 하고, 다른 연예인의 팬들과 신경전을 벌이는 일도 심심찮다. 라디오 오픈 스튜디오인 '가든스튜디오' 앞 바닥에는 종종 전화번호가 적힌 A4용지가 빼곡히 붙어 있는데, 좋은 자리를 미리 맡아둔 팬들과 이를 가차 없이 떼어내는 청소어머님들 사이에 보이지 않는 전쟁이 벌어지곤 한다. 그러다가 또 그 안에서 자정작용이 일어난다. "우리 가수 욕 먹이는 일 하지 말자"는 말이 마법처럼 모든 걸 정리한다.

아이돌 팬들을 가까이에서 보다 보면, 인정하지 않을 수 없다. 이건……이건 진짜 사랑이다. 그것도 순수하게, 맹목적으로 뜨겁게, 앞뒤 재지 않고 최선을 다해서 하는 참 사랑이다. 나는 이런 사랑을 언제 해봤었나 생각해보니, 딱 10대 때 했었다. 이건 10대이기 때문에 가능한 사랑이다. 오래 활동해 전성기가 지난 아이돌의 골수팬들도 가만히 들여다보면 10대 때 푹 빠져 그 마음을 이어온 경우가 많다. 아이돌 산업은 10대의 사랑, 10대의 에너지로 인해 굴러가는 산업이다.

위 문장을 쓰고 새삼 놀랍다. 10대 특유의 뜨거운 감정, 누군가를 좋아하지 않을 수 없는 그 폭발하는 에너지에 기대 얼마나 많은 어른들이 먹고사는가. 아이돌 가수, 그 가수를 만드는 기획사 매니저, 스타일리스트와 메이크업 아티스트, 노래와 춤과 뮤직비디오를 만드는 수많은 전문가, 그리고 나를 포함한 방송국 사람들…… 사실은 너희들에 기대 만들어진 직업이란다. 너희들의 '사랑할 수 있는 능력' 덕분에 어른들이 먹고 산단다.

임경선 작가가 〈꿈꾸는 라디오〉에 출연해 영화 〈콜 미 바이 유어 네임〉에 대해 이야기한 적이 있다. 이 영화는 사랑에 대해 제대로 이야기하는 탁월한 영화인데, 그럴 수 있는 이유 중 하나가 바로 10대의 사랑을 다루고 있기 때문이라며 이렇게 일갈했다. "10대, 인심 써서 20대 초반 까지, 그때의 사랑이 진짜 사랑인 것 같아요."

영화의 배경이 내내 여름이어서, 열일곱 소년 엘리오가 사랑에 빠지는 계절로 참 어울린다. 나의 10대 시절 짝사랑을 떠올려 봐도 그렇다. 그때 나는 너무 쉽고 재미없는 사랑을 할까 봐 걱정했었다. 부모님의 반대라든지, 신분격차라든지, 불치병이라든지 하는 장애물이 있어야 드라마에 나오는 격정적인 연애를 할 텐데, 아무리 생각해도 내 삶에는 그런 요소가 없어 불만이었다. 불같은 사랑만 사랑이라고 생각했던 때, 장애물 없이 순탄한 연애는 멋없게 느껴지던 때, 운명 같은 무언가에 기꺼이 휩쓸리고 싶었던 그때, 10대.

차갑고 딱딱한 상암동의 방송국 건물들 사이에서, 어린 팬들의 와글와글한 소음이 그나마 다른 계절을 가져오는 것 같다고 느껴질 때가 있다.

## 한 방에 훅 간다는 말

'한 방에 훅 간다'는 말에 대해 생각한다. 주로 연예면의 가십 기사를 보면서 많이들 하는 말이다. 저렇게 한 방에 훅 가는구나, 요즘은 말 한번 잘못하면 훅 간다니까, 쟤는 저러다 훅 갈 줄 알았어…… 등의 용례가 있겠다. 한 연예인이 자신의 이름을 알리고 유지하기 위해 쏟아붓는 피, 땀, 눈물을 조금은 알기에 '훅 간다'는 말은 내게 참 잔인하게 느껴진다. 그동안 쌓아온 모든 것들이 한 번에 무너질 수 있다는 공포가 그들에게 얼마나 큰 스트레스일지를 생각하면 나까지 가슴이 철렁한다. 그 상상이 현실이 되는 경우가 너무 많아서, 많은 연예인들에게 '훅 가는' 일은 피부에 와닿는 두려움이다.

어떤 연예인에게 라디오 디제이를 제안한 적이 있다. 꼭 섭외하고 싶어서 직접 만나 길게 이야기를 나눴는데, 그의 얘기를 들은 나는 설득할 의욕을 잃었다.

**저는 말실수가 많아서 안 돼요. 피디님도 아시겠지만 예전에는**

\\\

'세게' 말하는 게 유행이었잖아요. 저도 그랬거든요. 그때 제가 했던 말들을 지금 생각하면 아찔해요. 여성 혐오, 외모 비하인 말들을 많이 했어요. 웃기려고요. 몇 년 전에는 제가 멘트를 하다가요, 저도 왜 그랬는지 모르겠는데, 어떤 여자 연예인 분한테 성희롱 같은 말을 했어요. 행사가 끝나고 나서 공식적으로 사과를 하고 싶었는데, 상대 소속사에서도 원치 않고 저희 소속사에서도 말리더라고요. 괜히 긁어 부스럼 만들지 말자고요. 그래서 그냥 넘어갔는데 그게 지금까지도 후회돼요. 사과할걸……. 그 연예인 분의 활동 기사가 나면 저는 사과문을 써봐요. 옛날 그 말이 문제가 되면 올려야지, 하고요. 저는요, 제가 예전에 했던 말들이 언제고 문제로 불거질 수 있다고 생각해요. 그동안 실수한 게 많거든요. 라디오 디제이가 되면 말을 많이 하게 될 텐데, 그럼 실수도 많아질 테고, 무엇보다 과거에 제가 했던 잘못들을 기억하는 누군가가 '너 예전에 이렇게 했었는데 지금은 잘도 잘난 척하고 있군!' 할 수 있는 빌미가 많아지는 거잖아요. 저는 디제이 못 해요, 피디님.

내가 느끼기에 그가 특별히 남성 우월주의자이거나 여성 혐오적인 마인드를 가진 사람은 아니다. 오히려 내 주위의 평균적인 남성보다 젠더 감수성이 예민하다. 그럼에도 그는 그동안 많은 '나쁜 발언'들을 해왔고, 그 일들이 언제고 자신의 발목을 잡을지 모른다는 생각에 마음의 준비를 하면서 살고 있었다. 사실 성 평등에 관한 사회적 인식은 최근 1~2년 새 많이 달라졌다. 수많은 팬들에 의해 신성시 되는 국민예능〈무한도

전〉조차도 지금 예전 방송분을 보면 문제의 소지가 많다. 시청자도 제작진도 지금보다 훨씬 개념이 없던 시절이라 외모, 신체, 성을 희화화하는 것에 관대했다. 시대가 바뀐 것이다. 특히 서지현 검사와 김지은 비서관의 용기에 힘입어 확산된 미투 운동은 확실히 분위기를 바꿔놓았다. 비록 일상생활 속에서 '우와! 정말 평등해졌는걸!'하고 체감하기는 힘들지만 적어도 '삐끗하면 훅 간다'는 인식은 서로 공유하게 됐다.

급격히 달라진 이런 분위기 속에서, 과거 자신이 했던 말들에 자신 있는 사람이 얼마나 될까. 나는 자신이 없다. 과거에 대해서는 물론이고 미래에 대해서도 자신이 없다. 불과 얼마 전에도 실수를 했다. 동료들, 특히 후배나 프리랜서 작가들에게 상하 관계가 아닌 업무 파트너라는 인식을 가지고 말과 행동을 하고 싶은데 그게 잘 안 된다. 내가 받아온 교육, 내가 보아온 업무 방식, 내 윗세대들이 나를 대했던 태도가 내게도 배어 있음을 순간순간 느낀다. 인디언들이 아직 따라오지 못한 영혼을 뒤돌아 바라보듯이, 나도 미처 따라오지 못하는 내 습관들을 한숨 쉬며 응시할 때가 많다. 우리 사회 전체적으로도 그런 것 같다. 우리가 지향해야 할 사회는 저기에 있고 어떤 사람들은 이미 그곳에 가 있다. 거기에 서서 이쪽을 보며 밍기적거리는 이들을 재촉한다. 외모 칭찬은 바람직하지 않습니다, 함부로 하대하지 마십시오, 외모·성별·성적 지향·장애 등으로 타인을 희화화하는 유머는 옳지 않습니다, 개인의 특성을 성별 특성인 것처럼 말하지 마십시오, 가사와 육아는 남녀를 떠나 같이 사는 이 모두의 책임입니다. 그러니 '남편 밥 해주고 왔어?' 같은 말은 매우 불쾌합니다. 농담은 상대가 불쾌해하지 않을 거라는 확신이 있을 때만 하십시오. 특히 성적인 농담은 상대가 나에게 불쾌하면 불쾌하다고 말할 수 있을 정도로 확실히 약자가 아닐 때만 하십시오. 상대가 불쾌하다고 하면 사과하십시오. 사과는 분명하고 정확해야 합니다.

과거의 언행에 발목 잡혀 타격을 입는 연예인들을 볼 때면 생각이 많아진다. 마약, 음주 운전, 도박, 성범죄, 폭력 같은 명백한 범법 행위는 물론 응당한 처벌을 받아야 하지만, 그것과는 다른 종류의 잘못, '한 사람이 성장하면서 저지를 수밖에 없는 수위의 실수'들에 대해서는 솔직히 마음이 복잡하다. 무명 시절의 과격한 말, 학창 시절의 잘못된 언행, 지금보다 인권 감수성이 무뎠던 시절 분위기에 휩쓸려 내뱉었던 부적절한 발언 같은 것들이 뒤늦게 문제로 불거지는 경우를 보며, 연예인이라는 직업의 수많은 단점에 하나를 더 추가하게 된다. 그가 하는 많은 말과 행동이 노출되고 기록되어 훗날에도 재생된다는 점. 특히 요즘 같은 시대엔 '영원히 사라지지 않는다'는 점. 어린 시절부터 스타가 된 지금에 이르기까지 욕먹을 짓을 한 번도 하지 않고 살아온 사람이 어떻게 있을 수 있을까. 잘못 없이 사는 사람, 실수 없이 크는 사람이 어디 있을까. 나를 포함한 대부분의 사람들이 본인의 흑역사를 적당히 감추고 산다. 아니, 감출 필요도 없는 경우가 많다. 아무도 궁금해하지 않으니까.

그러나 연예인은 그런 실수들이 '한 방에 훅 가게 할' 잠재적 위험 요소다. 나 같은 장삼이사는 실수한 상대에게 진심으로 사과하는 것으로 넘어갈 수 있지만 스타들은 이미지와 활동에 깊은 상처를 입고 심하면 직업을 잃거나 삶이 뒤틀릴 수도 있다. 그렇다고 해서 '이건 좀 잔인하니 적당히 넘어갑시다'라고 할 수도 없다. 잘못된 행동에 어떻게 대응하느냐가 우리 사회의 도덕성이 되니 말이다. 물론 그 잣대가 다른 그 어떤 직업보다 연예인 직군에 높게 잡힌다는 느낌이 들긴 하지만.

정혜신 박사의 책에 스타들의 공황 발작에 대해 다룬 부분이 있다. 그는 스타들을 '화려하게 시든 꽃' 같다고 표현한다.

> 스타란 너(대중)의 취향에 나를 온전히 맞추는 사람만이 살아남는 생태계에서 최종적으로 살아남은 생존자다. 나를 너에게 맞추는 촉이 고도로 발달한 사람만이 도달할 수 있는 경지다. 다르게 표현하면 스타가 누리는 지위와 힘은 빼어난 재능과 고도의 촉을 바탕으로 자기 소멸의 경지에 다다른 이가 누리는 화려한 보상이다. 그게 스타의 본질이다.
> (…)스타는 어느 순간 자신이 가진 막대한 자산이 전부 너의 이름으로 되어 있다는 걸 알게 된다. 지금은 마음껏 인출해서 쓸 수 있지만 너의 눈밖에 벗어나는 순간부터 한 푼도 인출할 수 없으며, 그 즉시 천둥벌거숭이로 겨울 벌판에 버려지는 신세가 된다는 걸 깨닫게 된다.

인기 절정의 연예인도 결정적 실수나 악성 댓글 한 번에 그간의 모든 환호가 손가락 사이로 빠져나가는 모래알이 된다. 하루에 천 통 넘게 오던 팬레터가 거짓말처럼 한 통도 오지 않는 충격적인 경험을 한다. 그야말로 썰물처럼 빠져나간다. 그럴 때 스타는 인기나 사람을 믿으면 안 되는구나를 생생하게 실감한다. 그걸 뼛속에 새긴다. 지금의 인기가 아무리 높아도 악착같이 돈을 더 모으려 하고 훗날을 위해 따로 무엇이라도 도모하려 한다.

_정혜신, 《당신이 옳다》, 해냄, 2018, 37~40쪽.

라디오 디제이를 하자고 꼬시기 위해 만났던 그 연예인에게 나는 설득의 말을 이을 수가 없었다. 거절하는 그의 말에 도리어 내가 설득당해버렸다. 그의 두려움과 불안에 공감이 됐고, 그런 괴로움을 연예인이라는 직업에 수반되는 어쩔 수 없는 부분으로 받아들이고 감당하며 살아내는 이들이 안쓰러우면서도 대단해 보였다. 꼬시는 건 포기했지만 위로는 해주고 싶었다. 모든 말과 행동이 기억되는 불행하도록 스마트한 시대에 연예인이 된 '화려하게 시든 꽃'들을.

나는 샤이니 종현의 이야기를 했다. 그가 〈푸른밤 종현입니다〉를 진행하던 시절 '뮤즈 발언'을 둘러싼 논란과 이후 그가 보인 행보는 꽤 유명하다. "예술가에게 가장 큰 영감을 주는 존재"인 여성이 "축복받은 존재"라고 말해 '여성을 타자화하는 부적절한 발언이다'라는 비판이 일자 그는 SNS에 '알려달라'는 글을 올리며 비판하는 사람들과 적극 소통했다. '그런 뜻은 아니었는데 상처를 드렸다면 죄송합니다'라는 흔한 대처가 아니어서 대중들은 그에게 깊은 인상을 받았다(자세한 내용은 웹진 〈아이돌로지〉 필자 '미묘'의 글 '종현은 '누나스플레인' 당하지 않았다' 참조). 이 일로 나는 종현을 좋아하는 것을 넘어 존경하게 되었다. 그는 매력적인 뮤지션일 뿐 아니라 훌륭한 인간이기도 했다.

연예인은 정말, '한 방에 훅' 가는가? 그렇기도 하지만, 아니기도 한 것 같다. 실수 이후에 보이는 모습이 어쩌면 진짜 그 사람을 드러내는지도 모른다. 실수는 무의식중에 나오는 것이지만, 실수 이후의 행동은 또렷한 의식 하에 명확한 의도를 가지고 내린 '결정'이기 때문이다. 모든 연예인이 '말실수로 한 방에 훅 갈' 가능성을 품고 산다. 그래서 어떤 이들은 노출을 극도로 꺼리고 연기와 음악으로만 대중을 만나기도 한다. 이 역시 전략이 될 수도 있겠으나, 다른 방법도 있다고 생각한다. 더 적극적으로 대중에게 자신이 어떤 사람인지를 보여주는 것. 어떤 생각을 하고 사는지, 어떤 태도로 삶과 세상을 대하는지를 깊이 있게 전한다면 어떤 실수가 있을 때 그것만으로 판단 당하는 억울함을 조금은 피할 수 있지 않을까.

종현은 〈푸른밤 종현입니다〉 마지막 방송 즈음에 〈에스콰이어〉와 했던 인터뷰에서 '내가 인간으로 보였으면 좋겠다고 생각했다'고 말했다.

**내가 인간으로 보였으면 좋겠다는 생각도 했어요. 사람으로**

\\\

말이에요. 연예인은 한 인간이라기보다는 어떤 캐릭터로 표현되고 이해되는 경우가 훨씬 많잖아요. 적어도 나는 인간으로서도 살아가고 있다는 내 나름의 대답 같은 것? 그렇게 혼자 웅변하고 있는 거라고 생각해요.

_〈에스콰이어 코리아〉, 2017년, 5월호.

연예인이 캐릭터나 이미지가 아닌 인간임을 웅변할 수 있는 매체가 라디오다. 그러니 당신, 라디오 디제이 한번 해봅시다. 당신은 당신이 한 실수보다 더 큰 존재라는 걸 보여줄 수 있을 거예요.

종현의 인터뷰에는 이런 말도 있다.

제 인생에서 터닝 포인트가 무엇이었느냐는 질문을 받을 때가 있어요. 그때마다 고1 때, 자퇴했을 때라고 대답해요. SM에 들어간 것도 아니고 음악을 시작한 것도 아니에요. 자퇴를 결정하면서 불특정 다수가 살아가는 삶으로부터 벗어났고 스스로를 놓아버렸어요. 두 번째 터닝 포인트를 라디오라고 얘기할 수 있어요. 데뷔한 순간보다, 책을 냈던 순간보다도.

※덧

글에 등장하는 연예인과 관련한 디테일한 부분은 적절히 각색하였습니다.

만화 〈진격의 거인〉을 재미있게 봤다. '이토록 비현실적인 이야기를 이토록 현실적으로 구축해내다니!' 감탄이 나오는 강렬한 작품이었다. 나뿐 아니라 많은 사람들이 이 만화를 좋아해서 한동안 티브이 프로그램 자막에 "진격의 ○○"이라는 말이 많이 쓰였던 기억이 난다. 86년생인 작가 이시야마 하지메는 스무 살에 이 작품으로 '강담사 매거진' 그랑프리에서 가작을 수상했고, 스물세 살에 〈소년매거진〉에서 연재를 시작했다고 한다. 〈진격의 거인〉이 그의 데뷔작이자 대표작인 셈이다. 이 만화는 충격적인 스토리와 함께 거친 그림체가 특징인데, 특히 초반부는 습작 혹은 스토리보드처럼 보일 정도여서 연재를 하면서 그림체가 정돈됐다고 해도 과언이 아니다. 〈나루토〉의 작가 키시모토 마사시가 '신인일 때는 보통 스케일이 큰 작품을 그린다'는 이야기를 했다고 한다. 모든 픽션은 가상의 세상을 짓는 일이다. 어떤 작가는 마을이나 도시를 지어 그 안에 인물을 놓기도 하고, 어떤 작가는 나라 혹은 시대를 짓기도 하는데, 신인 작가들은 보다 큰 단위, 이를테면 지구나 우주,

자연법칙 등을 재료로 주무르며 이야기를 만드는 경향이 있다는 것이다.

스물셋의 젊은 만화가가 창조한 거대한 가상 세계에 푹 빠져 지내며 생각했다. 신인 특유의 거친 상상력이, 내게도 있었을까? 다음 주 섭외 전화 돌리느라, 내일 코너 아이템 정하느라, 오늘 선곡할 노래 고르느라 하루하루 경주마처럼 달리는 내게도, 거대한 스케일의 무언가를 신나게 상상하던 겁 없던 시절이 있었을까?

있었던 것 같다. 1시간짜리 코너 아이디어가 아니라 페스티벌을 기획했던 적이 있었다. 이름하여 '밤섬 음악제'. MBC가 여의도에 있던 입사 초기, 어느 날 택시를 타고 출근을 하는데 기사님이 '예전에는 여의도에 사람이 살지 않았고 밤섬에 사람이 살았다. 그런데 지금은 반대가 됐다'는 이야기를 들려주셨다. 그 얘기가 재미있어 밤섬에 관한 자료를 찾다가, 매년 조류 산란기인 3~4월에 밤섬 청소를 위한 인력이 섬에 들어간다는 사실을 알게 됐고 당시 내 업무였던 〈시선집중〉의 '60초 풍경' 코너에서 이 아이템을 소개했다. 리포터가 취재해온 사운드는 평이했다. 소리만으로는 이게 길거리 청소인지 밤섬 청소인지 알 수 없었다. 그러나 시작과 끝부분, 섬에 들어가기 위해 배를 타고 물살을 가르는 그 소리가 묘한 상상을 불러일으켰다. 각종 동식물로 가득한 도심 속의 무인도, 인간의 출입이 제한된 땅에 조심스레 접근하는 일군의 사람들. 편집실에서 소리로만 듣는 밤섬은 내가 매일 출퇴근하며 지나치는 서강대교 밑 나무숲이 아니었다. 처음 보는 새들과도 친해질 수 있을 것 같은 어떤 신비로운 공간처럼 느껴졌다.

밤섬에 대한 이 이미지를 품고 살다가 어느 날 문득, 여기서 음악제를 열면 좋겠다는 생각을 하게 됐다. 풍성한 머리칼을 드리운 버드나무들 속에서 새들끼리 평화로운 섬, 이 금단의 땅에 딱 하루, 사람들이 모이는 거다. 음악을 듣기 위해. 나룻배로 노를 저어 조용히 사람들을 실어 나르면 좋을 것이다. 조금은 답답하게, 여러 번을 오가며 사람들을 옮기고 나면 해가 지기 시작하겠지. 은은한 조명이 켜지고 공연이 시작된다. 라인업은 장필순, 이소라, 루시드폴, 선우정아, 카더가든. 진행은 역시 배철수 아저씨.

환경을 보호하기 위해 인간을 금지시킨 땅이 1년에 단 하루 문을 연다는 상상, 배를 타고 조용히 섬으로 모여드는 사람들의 이미지가 나를 부드럽게 사로잡았다. 공개방송 한 번에 얼마나 손이 많이 가는지 아직 모르던 시절에.

서울시 관계자 여러분, 혹시 '밤섬 음악제'에 관심 있으시면 연락주세요.

지난주 라디오 고민 상담 코너에서 어떤 신입 교사의 사연을 다뤘다. 작년에 초등학교 교사가 된 청취자였는데 6학년 담임을 맡아 1년 내내 너무너무 힘들었다고 한다. 교사 일에 적응하기도 힘든데 졸업 관련 서류 작업도 많아서 가정통신문을 빼먹은 적도 있다고, 학부모들의 항의도 받았었고 선배 교사들에게 꾸중도 많이 들었다고, 1년을 그렇게 보내고 나니 교사 일이 적성에 맞는지조차 모르겠고 내년에 맡은 아이들과는 또 어떻게 생활해야 할지 막막하다고 토로하는 내용이었다. 코너지기인 '사적인 서점' 정지혜 대표는 에세이 《매일매일 좋은 날》을 '책 처방'해주었다.

방송을 마치고 집에 돌아와서 남편과 이 사연에 대해 대화하던 중, 재미있는 이야기를 들었다. 내 남편의 첫 직장은 은행이었는데, 그가 신입 사원이던 시절 지점에서 근무하다 겪은 일이다. 어떤 고객으로부터 항의 전화를 받은 적이 있단다. 어리바리한 신입의 응대가 성에 안 찬 고객은 감정이 격해져서는 이렇게 소리쳤다. "야! 다 필요 없고, 당장 지점장 바꿔!" 이 말을 들은 내 남편은…… 지점장에게 전화를 돌렸다. "지점장님, 고객님 전화입니다."

이를테면 어떤 시청자가 MBC로비에서 "사장 나와!"라고 소리쳤는데 안내데스크 직원이 사장실에 연락한 셈이다. "사장님, 손님 오셨습니다. 잠시 내려와 보시죠~." 전화를 넘겨받은 지점장은 통화를 마치고 분노보다는 황당함에 남편을 불러 물었다고 한다. "야, 너 전화 왜 돌린 거냐?" 뭐 이런 또라이가 들어왔나 싶었을 거라고, 남편은 말했다. 이렇게 재미있는 이야기를 10년이 지난 지금에서야 해주다니, 나는 깔깔 웃으며 그동안 왜 말 안 했냐고 물었다. "쪽팔려서 누구한테 말을 못 하겠더라고. 그때 왜 그랬는지, 나도 진짜 모르겠거든."

나도 마찬가지이다. 신입 사원 시절의 수치스러운 흑역사로는 어디 가도 안 질 것이다. 그런데 정말, 왜 그랬을까? 나와 남편을 비롯한 이 땅의 수많은 신입 사원들은 줄기차게 '이상한 짓'을 하고, 선배들은 해마다 '올해 신입들은 좀 문제가 있다'거나 '또라이가 한 명 들어왔다'거나 '요즘 애들은 우리 때랑 많이 다른 것 같다'고 말한다. 뇌과학 서적 마니아인 남편 말로는, 인간의 뇌가 원래 그렇다고 한다. 낯선 환경에서는 지능이 제대로 발휘되지 않는다고. 직장생활 12년 차 평범한 과장인 내 남편도, 그럭저럭 11년 째 피디 일을 하고 있는 나도 신입 사원일 땐 어처구니없는 실수로 주변을 아연하게 했다. 그 시절은 그런 시기인 것 같다. 일에서 실수하고, 사람들과의 관계도 힘들고, 내가 이렇게까지 멍청한 인간이었는지 매일 새롭게 깨달으며 과연 내가 조직의 일원으로 기능할 수 있을지 의심하는.

그날 남편과 대화의 결론은 이렇게 내렸다. 우리는 신입들에게 관대해야 한다. 이상한 실수를 하더라도 그게 그의 본모습이 아닐 수 있고, 최대치는 더더욱 아닐 테니까. 낯선 환경에 뚝 떨어진 인간이 보이는 이상행동이란 충분히 있을 수 있는 자연스러운 일이니까. 그렇지만 쉽진 않다. '올해 신입 중에 미친놈 하나 있다던데?'라고 말하는 게 훨씬 재미있어서, '신입이라서 실수하는 거야'라는 간지러운 말은 입 밖으로 잘 안 나온다.

연예인들의 세계에서도 신인은 쉽지 않다. 방송은 신인에게 참 가혹하다. 기회 자체를 잘 주지 않고, 한두 번의 모습으로 '될 만한지 아닌지' 판단하기 일쑤다. 직장에서 신입 사원이 그렇듯, 신인 연예인들도 '내 판'이 아닌 낯선 방송 환경에서 자신의 매력을 다 보여주기란 어렵다. 웃기려는 욕심에 이상한 말이 나가고, 준비한 개인기는 미처 해보지도 못한다. '신인초대석'같은 코너는 재미있기가 힘들다. 나 역시 신인들은 잘 섭외하지 않는다. 어쩔 수 없다. 청취자들은 누군지도 모를 신인의 썰렁한 농담을 들을 이유가 없으니까. 요즘 청취자들은 생뚱맞게 신인 가수가 출연하면 '이 피디가 청탁이라도 받은 건가?'라고 노골적인 문자를 보내기도 한다.

그러나 '재미있는 방송'이 피디의 책무인 만큼, 신인에게 기회를 주는 것도 꼭 해야 할 일이다. 어찌 보면 '검증된 연예인'으로만 프로그램을 만드는 게 게으른 것일 수도 있다. 검증된 연예인을 섭외하는 것도 쉬운 일은 아니지만, 어떤 의미에서는, 게으른 일일 수 있다.

몇 년 전 저녁 프로그램을 연출할 때 방탄소년단이 게스트로 출연했던 적이 있다. 나는 신인을 자주 초대하는 피디는 아닌데(신인을 데리고 재미있게 프로그램을 만들 능력이 아직 부족하다. 정진해야지) 가끔씩 신인이 나올 일이 있을 때, 그리고 여지없이 방송을 망치고 갈 때, 몇 년 전의 방탄소년단을 생각한다. BTS도 신인이었지. 그리고 그 나이 어린 신인 아이돌이 오늘 집에 가면서 얼마나 자책할지 상상하면, 마음이 좀 너그러워지는 듯도 하다. 나도 신입 사원이었어. 그때의 나보다 저들은 더 어리고, 더 뛰어난 걸.

# 섭외하다 열 받은 날

신형철 평론가가 평론가를 일컬어 '감동에 저항하는 법'을 전문적으로 배운 사람들이라고 말했다. 위악적으로 말하면, 이라는 단서를 달아서. 피디라는 사람들에 대해서도 좀 위악적으로 표현해볼까. 자신 없을 때도 확신에 찬 듯 방향을 가리켜야 하고, 연예인 특유의 아우라에 감탄할 때도 대수롭지 않은 듯 여상한 말투를 구사해야 하며, 모르는 것도 아는 듯, 당황할 때도 아닌 듯, 친한 사람과도 안 친한 척, 처음 보는 사람과도 절친인 척, 감정의 동요를 감추는 법을 야메로 배워 어설피 실행하는 사람들. 얕잡아 보이지 않으려고, 있어 보이려고, 방송에 뭣도 없다는 걸 들키지 않으려고 안간힘 쓰는 모습이 애처로운, 남산 아래 딸깍발이 같은 망국의 말단 선비들.

네, 요즘 좀 힘듭니다. 냉소라도 해야 덜 비참한 것 같은 날들입니다. 농담 반 섞어서 '1일 까임 제한 횟수'를 두겠다고 말하고 다닙니다. 하루에 세 번 이상 까이지 않겠다, 3회 채웠으면 이제 섭외는 그만하는 게 내 멘탈을 보존하는 길이다, 라고요. 섭외 없는 세상에서 살고 싶습니다. 거절하는 일도, 거절당하는 일도 마음이 상하는데 어떻게 된 게 이건 십 년을 해도 익숙해지지 않네요. 섭외하는 일은 공일오비 노래 '신인류의 사랑' 가사 같습니다.

맘에 안 드는 그녀에게 계속 전화가 오고
내가 전화하는 그녀는 나를 피하려 하고
거리엔 괜찮은 사람 많은데 소개를 받으러 나간 자리엔
어디서 이런 여자들만 나오는 거야

부디 오늘은, 다른 친구들처럼 맘에 드는 누군가를 사귀어보는 날이길.

\\\

사무실 책상에 앉아 방송 준비를 하고 있는데 얼굴이 익숙한 매니저 한 명이 와서 인사를 한다. "이번에 제가 ○○이라는 가수를 데뷔시키는데요, 초대석 출연 좀 부탁드립니다." 하루에도 몇 번씩 듣는 이야기. 노래가 나오면 들어보겠노라고 대답하고 하던 일을 계속했다. 며칠 뒤 그가 다시 찾아왔다. "저, 지난번에 말씀드린 ○○노래, 혹시 들어 보셨나요?" 아직 못 들어봤다고, 들어보겠다고 대답하고 다시 생방송 준비를 했다. 이런 대화가 며칠 간격으로 두세 번쯤 반복되자 속으로 '이 분이 왜 이러시지?' 생각이 들었다. 매니저의 부탁에 적당한 말로 응대하는 건 일상적으로 벌어지는 일이고, 그중 정말로 출연이 성사되는 건 한두 명뿐이기 때문이다. 노래를 들어 보겠다거나 스태프와 상의해보고 연락을 주겠다는 말은 많은 경우 완곡한 거절이다. 그런데 이렇게 몇 번씩이나 와서 숙제 검사하듯이 물으니 당황스러웠다. 며칠이 지나 다시 그가 와서 "노래 들어보셨어요? 초대석 출연 생각해보셨나요?" 묻기에 이번엔 좀 단호하게, "만약에 ○○씨 초대석을 진행하게 되면 제가 연락을 드릴게요"라고 말했다. 그러자 그가 내게 따지듯 물었다. "피디님, 저희 회사가 피디님한테 뭐 잘못했나요? 제가 몇 번이나 말씀드렸는데 노래도 안 들어보시고, 초대석 출연도 안 잡아주시고……" 아니, 이 사람이 나한테 초대석 맡겨놨나? 나 역시 울컥해서 대답했다. "제가 매니저님한테 여쭤보고 싶네요. 제가 매니저님한테 뭐 잘못했나요? 신곡 내는 가수들이 얼마나 많은데, 출연 성사 안 되는 경우가 더 많은 게 당연하잖아요. 그리고 저희 프로에 신인은 거의 안 나오는 것 잘 아시지 않나요?" 잔뜩 굳은 그가 물었다. "그럼 어떤 가수들 섭외하시는데요?" 격앙된 내가 대답했다. "이름 들었을 때 누군지 아는 가수들 위주로 섭외합니다."

결국 서로 사과하며 대화를 끝내긴 했지만 뒷맛이 썼다. 마지막 말은 실언이었다고 후회하면서도 그 역시 무례했다는 생각에, 서로 실수를 주고받은 셈 치자 생각했다. 몇 주가 지났다. 그 가수의 노래가 음원 차트에서 갑자기 역주행을 시작하더니 상위권에서 내려갈 줄을 몰랐다. '듣보잡' 신인이었던 그를 이젠 대중들이 궁금해했고, 발 빠른 프로그램들은 초대석에 그를 섭외했다. 마치 내가 이솝우화 속 악당이 된 것 같았다. 순간의 화를 참지 못한 어리석은 피디는 결국 주목받는 신인을 섭외하지 못한 채 손가락만 빨았답니다. 여러분은 신인 매니저에게도 언제나 친절한 사람이 되어야 해요~.

처음 피디가 됐을 때부터 지금까지, 매니저를 대하는 일은 참 어렵다. 내가 경험하는 인간관계를 통틀어 이토록 복잡 미묘한 관계가 또 있을까 싶다. 나를 필요로 하는 사람은 내가 피해 다니고, 내가 찾는 사람은 나를 피한다. 그 와중에 언제 서로 입장이 바뀔지 모르기 때문에 아예 상대를 안 할 수는 없다. 그러니 적절하게. 거절하더라도 최대한 기분 나쁘지 않게, 부탁하더라도 너무 비굴하지는 않게.

나에게 부탁해오는 매니저들에 대해 어떻게 하는 게 배려일까 생각한다. 인사 무시하지 않기, 마주보고 대답하기, 거절은 분명하게, 지금은 거절하지만 지켜보고 있다고 말해주기. 당연해 보이는 이런 행동이 쉽지 않은 이유는, 끊임없이 인사해오는 모든 매니저들을 상대하다 보면 내가 할 일을 못 하게 되기 때문이다. 피디와 매니저는, 아마 서로에게 '인격이란 무엇인가'를 생각하게 하는 존재일 것이다. 바쁜 스타의 매니저가 친절한 경우가 드물고, 무명의 신인 매니저에게 예의를 갖추는 피디 되기가 쉽지 않다. 최근에는 잘나가는 어느 가수의 컴백 소식에 섭외 전화를 걸었더니 매니저가 대뜸 깊은 한숨을 쉬었다. "하아…… 피디님, 지금 출연 요청이 너~무 많아서요. 저희가 회의 끝에 프로그램 몇 개만 나가기로 했거든요? 다음 주에 연락드리겠습니다." 귀찮아 죽겠다는 듯 거만한 말투가 불쾌했지만 별 수 없다. "네, 상의해보시고 연락주세요"라고 하는 수밖에. 내가 하루에도 몇 번씩 앵무새처럼 반복하는 말, "노래 들어보고 연락드릴게요"에 매니저들은 같은 감정을 느끼겠지.

예전에는 매니저들과 형 동생 하면서 어울려 술도 마시고 친하게 지내는 피디들이 부러웠고, 나도 그렇게 하려고 노력했었다. 그게 매니저를 '관리'하는 거라고, 좋은 관계를 유지하는 거라고 생각했기 때문이다. 시간이 흐를수록 넉살 좋게 '친한 제스처'를 취하며 다가오는 매니저보다는 담백하고 일관된 태도를 보이는 매니저가 편하게 느껴진다. 어차피 친구가 될 수 없는데, 서로에게 줄 수 있는 최대치의 호의란 깔끔한 일처리와 친절한 태도 정도가 아닐까. 같이 밥 한 끼 먹은 적 없어도 내가 진심으로 '괜찮은 동료'라고 느끼는 매니저들은 보통 그런 이들이다. 해줄 수 있는 건 해주고 아닌 건 빠르게 거절하는 사람, 자기 아티스트가 신인일 때에도 자랑스러워하더니 유명해져도 무례하게 행동하지 않는 사람, 전화를 잘 받고 콜백이 빠른 사람, '스케줄 확인하고 연락드리겠습니다'라는 말이 거절이 아닌 말 그대로 스케줄을 확인하겠다는 뜻인 사람, 본인이 거절하면 다른 사람을 섭외해야 하는 입장임을 알아주는 사람, 그래서 약속한 날짜에 답을 주는 사람. 나 역시 그런 파트너가 되고 싶다. "음악 들어보겠습니다", "솔직히 초대석은 힘들고요, 선곡할 때 신경 쓰겠습니다", "초대석 공간이 혹시 생기면 연락드리겠습니다". 내가 어디까지 할 수 있는지를 분명하고 예의 바르게 말하려고 노력한다. 눈 마주치고 인사를 받고, 누구 매니저인지 얼굴과 이름을 기억하려고 애쓴다. 명함을 받으면 가수 이름과 앨범 발매일을 적어두는 성의를 보인다. 받아둔 시디나 프로필 파일이 쌓여 책상 정리를 해야 할 땐 매니저들이 없는 밤 시간에 한다. 당신을 업무 파트너로 존중한다는 마음을 가진다. 늘 이러지는 못하지만 목표이긴 하다.

내가 출연을 부탁하는 입장이 됐을 때, 상대에게 과하게 친한 척 치대면서 주절주절하고 나면 진이 쭉 빠지는 느낌이 든다. 꼭 그런 태도로 나에게 인사해오는 매니저들을 성의 없이 상대하고 나서도 내 인격이 바닥을 드러내는 것 같아 마음이 좋지 않다. 과한 건 나부터 지치게 된다. 일할 땐 담백하게. 오늘도 음원 차트 상위권을 지키고 있는 어느 가수의 이름을 보며 주문처럼 되뇐다.

〈이 사람이 사는 세상〉이라는 다큐멘터리 프로그램에 배치됐을 때의 일이다. 매일 오전 11시에 방송되는 7분짜리 짤막한 인물 다큐였는데, 방송으로 나가는 건 7분이지만 섭외와 인터뷰, 취재, 편집까지 족히 3일은 걸리는, 품이 많이 드는 프로였다. 어디 '얘기될 만한' 사람 없나 두리번거리며 아이템을 찾는게 일상이었다. 그러던 중 우연히 강원도에서 새들에게 집을 지어주는 한 할아버지에 관한 기사를 보게 됐다. 젊은 시절에는 잘나가는 직장인으로 승승장구하다가 벤처기업 CEO까지 지내셨는데, 50대에 이른 은퇴를 하고 시골에서 '새집 짓는 목수'로 살고 있는 70대 어르신이었다. 재미있는 방송이 될 것 같았다. 연락처를 수소문해 전화를 드렸더니 이미 여러 번 인터뷰를 하셨던지라 좀 성가셔하시는 눈치였다. 섭외가 불발될까 다급해진 나는 갖은 넉살을 떨어가며 감언이설로 어르신을 꼬드겼다.

　"아이고~ 그러셨어요 어르신? 그렇게 오래 인터뷰를 했는데 중요한 내용이 다 빠졌었구나. 아니, 그러면 안 되지~ 아유,

\\\\\

기분 나쁘셨겠네……. 그런데 은퇴하시기 전에는 어떤 일 하셨어요? 어머, 기자 일도 하셨고요? CEO까지? 우와, 대단하신 분이셨구나?"

　연세가 일흔이 넘으셨다고 하니 내 말투는 자연스럽게 동네 노인정 할아버지 대하듯 나왔다. 어르신들에게 '친한 척' 접근하는 말투는 아이에게 하는 것과 비슷하여 존댓말인 듯 아닌 듯 어미가 실종된다. 나는 아이 달래듯 어르신을 구슬렸고, 어르신은 '내 이야기가 뭐 그리 재미있겠냐'라고 하면서도 올 테면 와보라고 불퉁한 말투로 허락하셨다. 방문 일정을 잡고 인터뷰 준비를 위해 어르신이 쓰신 책을 구입했다. 책날개에 있는 저자 소개에는 이렇게 쓰여 있었다.

　평안남도 평양에서 태어나 경기 중·고등학교와 서울 법대를 졸업했다. 언론사 기자 생활을 시작으로 중견 컴퓨터 회사의 전문 경영인에 이르기까지 오랫동안 직장생활을 했다. 오십이 넘은 중년의 어느 날 시골 생활을 하겠다고 서울 생활을 접고 처와 함께 강원도 평창군 봉평면 흥정계곡에 조그마한 집을 한 채 장만하고 눌러앉아 가끔씩 서울을 오가며 살고 있다.
　시골 생활을 하면서 목공 일을 즐겨 하며, 특히 새집 짓는 데 몰두하고 있다. 가치판단의 기준으로 책 한 권의 값을 늘 다른 물건의 값과 비교하기를 좋아하며, 사람들이 책을 열심히 사서 읽어야 이 나라가 행복해진다는 신념을 갖고 산다.
　일류 고등학교와 대학교를 나온 것은 잠시 기분이 좋은 일일

뿐 길고도 험한 일상의 삶에서는 얻는 것보다는 잃는 것이 더

많다는 생각을 하며 산다. 이 세상의 삶이 그리 아름답고 순조롭게

나아가는 것이 아니라 불평등과 부조리, 모순된 삶이라고 여기는

비관주의자이지만, 술 한잔을 마시면 그래도 세상은 아름답다는

생각을 제일 먼저 떠올리는 낙관주의자가 되기도 한다.

대학 다닐 때까지 아이스하키 선수 생활을 했고, 야구와 테니스

그리고 등산과 캠핑을 아주 좋아했다. 오십이 다 되어 한동안

산악자전거 타기에 심취하기도 했다. 한때 화가를 꿈꾸기도

했으니까 아마 르네상스적인 인간이 되고 싶었던 게 그의

꿈이었는지도 모른다.

주류에서 한발 벗어나 남들을 즐겁게 하면서도 자기의 믿음대로

마이너리티의 길을 가는 게 자기에게 지워진 운명이란 생각을 늘

갖고 산다.

물 맑고 산 좋은 강원도 산골 동네에서 책 읽고 음악 듣고 개 두 마리

데리고 산보를 즐기며 친구가 찾아오면 흥겨운 마음으로 세겹살을

굽고 술을 즐겨 마시는 무엇보다도 아름다운 새집을 만드는 것이

행복한 새집 짓는 목수이다.

_이대우, 《새들아 집 지어줄게 놀러오렴》, 도솔, 2006.

입이 떡 벌어질 만큼 아름다운 소개 글이었다. 내가 강원도

에 가서 이분을 취재하고 방송으로 만든다 한들 이 글만큼 잘

담아낼 수 있을까 생각했다. (나중에 여쭤보니 본인이 직접 쓰셨다고

한다. 본문은 더 좋다. 강력 추천하는 책이다.) 그러면서 슬그머니 어르

신과의 전화 통화가 부끄러워졌다. 70대 남성이라는 정보만으로 나는 말귀 못 알아듣고 방송이 뭔지도 모르는, 그러면서도 자신이 말한 게 편집됐다고 노여워하는 고집불통 할아버지의 이미지를 떠올렸다. 내가 상상하는 '노인'이란 이를테면 영화 〈집으로〉에 나오는 할머니 정도였던 것이다. 내가 "아유~ 그러셨어요~? 우와~ 대단한 분이셨구나!" 했던 건 존중도 예의도 뭣도 아니었다. 내가 조금만 잘 구슬리면 금방 넘어올 거라 자신하는, 상대를 얕잡아보는 시선이었다.

직접 만나 뵌 이대우 씨는 정말 멋있는 분이셨다. 벽면 가득 빼곡히 꽂힌 책들은 족히 몇천 권은 돼 보였다. 요즘도 내킬 때면 하루에 6~7시간을 꼬박 책 읽는 데 보내신단다. 부인께 행복한 결혼생활의 비결을 물으니 알랭 드 보통의 《낭만적 연애와 그 후의 일상》 속 문장을 인용하시며 이야기를 풀어놓으셨다. 일주일에 한 번은 첼로를 둘러메고 문화센터에 다녀오신다는 부인께 직접 연주를 청해 들었다. 묵직한 첼로 선율이 집안의 공기를 안온하게 감쌌다. 두 분은 책 좀 실컷 읽고 싶어서, 음악을 크게 틀어놓고 듣고 싶어서 시골로 왔다고 하셨다.

"아유~ 대단하시네요, 어르신~." 나는 무슨 근거로 이런 말투를 구사했을까? 만약 이 할아버지가 좋은 대학을 나오거나 책을 많이 읽는 분이 아니었다면 내가 저렇게 아이 대하듯 말했었다는 걸 자각이나 했을까? 엘리트에 지성인이 아니라면 저렇게 대해도 되는 걸까?

한 사람을 개인이 아닌 집단으로 보는 시선 때문에 불쾌했던 경험, 나도 많다. 남자, 여자, 비혼, 기혼, 아이 있는 여자, 어느 대학 출신, 어느 지역 출신. 그러니 너는 이러할 것이라는 손쉬운 단언. 최근까지도 회사 사람들이 내가 아이 엄마이기 때문에 트렌디한 프로그램, 심야 음악 프로그램은 잘 못 만들 거라고 생각할까 봐 불안했다. '아이 엄마' 하면 떠오르는 이미지—질끈 묶은 머리에 레깅스와 벙벙한 티셔츠를 입고 유모차를 미는 민얼굴의 여자—에 갇힐까 봐 신경 쓰였고 그런 불안감이 종종 나의 부자연스러운 행동을 야기했음을, 무리를 하게 만들었음을 안다. 나에 대해 '묻지 않고 내린 결론'들 때문에 짜증스러웠던 적이 많으면서 나 역시 똑같은 실수를 저지르고 말았던 것이다.

나는 피해자인 줄로만 알았다. 누구나 가해자가 될 수 있다는 걸, 피해자도, 약자도, '을'도 마찬가지라는 걸 간과했다. 편견 어린 말로 나를 속상하게 했던 사람들과 그 상황들에 대해 되짚어보았다. '그 사람은 좀 별로야', '시대가 바뀐 줄도 모르는 무식한 꼰대 같으니' 욕하면서 상황을 선명하게 결론짓는 건 그를 악으로 나를 선으로, 그를 강자로 나를 약자로 구분 짓는 편한 생각이지만 사람이 그렇게 단순한 존재는 아니라는 걸, 마음 한편에서 느껴지는 찜찜함이 반증한다. 나는 내가 피해자였을 때보다 가해자였을 때 인간과 세상에 대해 조금 더 알 것 같은 기분이 든다. 사람은 누구나 타인에 대해서는 단순하게 나쁘고 자신에 대해서는 복잡하게 착한 사람이라고 생각한다던데, 내가 나쁜 일을 했을 때 비로소 인간이 복잡한 존재라는 걸 인정하는 것 같다. 나의 가해 가능성에 대해 인식하며 살아야겠다고 생각하는 밤이다.

※덧

이틀에 걸친 이대우 씨 부부와의 인터뷰를 마치고, 두 분께 선물을 받았다. 따님이 지은 그림책이라며 《파도야 놀자》와 《그림자 놀이》를 주셨다. 나중에야 알았다. 이분들이 세계적인 그림책 작가 이수지 씨의 부모님이라는 걸. 이수지 작가의 그림책은 볼 때마다 그 깊이에 감탄하게 된다. 아이들에게 《파도야 놀자》를 읽어줄 때마다, 딸이 어릴 적부터 주말마다 캠핑 장비를 둘러메고 함께 여행을 다니셨다는 부부의 이야기가 떠오른다.

# 욕구 관리

정유정 소설가의 인터뷰를 보았다. 각종 문학상에 열한 번이나 낙방하며 좌절하던 시기에 관한 이야기가 마음을 울렸다.

> 그래도 견딜 수 있었던 건 자신과의 진지한 대화 때문이었어요.
> 스스로 묻는 거죠. '나는 글을 쓰고 싶은 것인가, 아니면 작가가 되고
> 싶은 것인가' 하고…… 자유의지에 관한 이야기랄까. 글을 쓰고
> 싶은 건 성공하든 실패하든 받아들이는 것일 테고, 작가는 직업의
> 개념이 있는 것이고…… 저는 성공하지 못해도 이걸 해야겠다고
> 생각했어요.
> _〈문화일보〉, 2018, 07, 11.

글을 쓰고 싶은 것인가, 작가가 되고 싶은 것인가. 이 질문이 크게 와닿았다. 라디오 피디로 일하면서 비슷한 고민을 많이 한다. 나는 MBC라는 회사에 입사함으로 인해 피디가 되었지만, 좋은 피디가 되기 위해서는 내 정체성을 'MBC 직원'보다 '라디오 피디'에 두려고 노력해야 한다고 느낀다. CBS 라디

오 정혜윤 피디의 강의를 들은 적이 있다. 쌍용자동차 해고 노동자들의 이야기를 담은 책 《그의 슬픔과 기쁨》을 쓰게 된 과정에 대해 그는 '여러 여건상 프로그램에 담아낼 수 없어서 책으로 냈다'고 말했다. 프로그램을 만들어야 해서, 내게 주어진 편성 시간을 채워야 해서 소재를 찾는 게 아니라 '하고 싶은 말'이 있어서 프로그램을 만드는 사람이라니, 그야말로 '진정한 피디'가 아닌가! 세상에 대해 하고 싶은 이야기, 방송으로 만들 수 없으면 책으로라도 써야 직성이 풀릴 만큼 강렬한 말하기의 욕구……. 정유정 작가의 말을 다시 떠올렸다. 나는 피디라는 직업을 갖고 싶었던 것일까 프로그램을 만들고 싶었던 것일까. 나는 방송국 직원인가 피디인가.

체력 관리, 시간 관리, 멘탈 관리만큼이나 중요한 게 '욕구 관리'인 것 같다. 맡은 프로그램 안에서 내가 하고 싶은 이야기를 다 담아내기란 현실적으로 불가능하다. 섭외가 안 되서, 제작비가 없어서, '위'에서 싫어해서 좋은 기획이 좌절되는 일은 숱하게 많다. 그래도 매일매일 방송을 만들어야 하는 게 라디오인지라, 무너지는 마음을 다잡고 오늘의 장사를 꾸려가려 갖가지 주문을 되뇐다. '이건 일일 뿐이야', '어차피 나는 직장인인데 뭐', '이렇게까지 한다고 누가 알아주나'. 하지만 그렇다고 해서 진짜로 '어차피 직장인일 뿐'이라고 생각하면 안 된다. 절대 설득되면 안 되는 말로 스스로를 설득하는 것이다. 직장인이되 직장인이면 안 되는 사람, 하고 싶은 대로 할 수 없는

데 계속 하고 싶은 게 생겨야 하는 직업. 피디에게 욕구 관리는 진정 중요하다. 하고 싶은 마음, 너무너무 하고 싶은 마음이 있어야 많은 것('누굴 위해 이렇게까지 하나'라는 스스로의 회의감을 포함해서!)을 뚫고 끝내 해낼 수 있다. 좋은 피디가 되는 데 필요한 가장 중요한 재능은 무언가를 하고 싶어 하는 마음인지도 모른다. 나이가 들수록 하고 싶은 게 점점 줄어드는 걸 느껴서, 요즘엔 하고 싶은 일이 생길 때 나의 그 마음이 너무 소중하다. 간만에 찾아온 이 소중한 욕구를 잘 키워야지, 이번엔 꼭 결과물로 만들어내야지 다짐한다.

그렇다면 '욕구 관리'는 어떻게 할 수 있을까. 내가 찾은 방법은 스스로를 '피디'라고 생각하지 말고 '세상에 대해 이야기하는 사람'이라고 생각하는 것이다. 피디라는 직업에 자신을 가두면 프로그램에 담을 수 없는 이야기는 포기하게 된다. (그러나 프로그램에 담을 수 없는 이유란 얼마나 많은지, 방송국이란 조직은 어찌나 꽉 막혀 있고 나는 어찌나 나약한지.) 프로그램이 먼저가 아니라 '하고 싶은 이야기'가 먼저여야 계속 아이디어가 떠오르는 것 같다. 그래서 나는 글을 쓰고 책을 내는 이 작업도 피디라는 내 일에 포함된다고 생각한다. 프로그램에 담지 못하는 이야기는 글로 표현한다. 지금 여기에서 하고 싶은 이야기가 뭔지 계속 찾아낸다. 하고 싶어 해 버릇해야 하고 싶은 게 생긴다고, 말하고 싶은 욕망을 스스로 계속 독려해야 좋은 피디가 되는 거라고 믿는다.

## 심의를 대하는 복잡한 마음

방송통신심의위원회에 불려갔던, 아니 또 끌려갔던 적이 있다. 출연자들끼리 주고받은 대화가 청취자에게 불쾌감을 줄 수 있는 수위였기 때문이었다. 해당 대화가 그다지 길지 않았고, 상대적으로 주목도가 낮은 밤 시간대였기 때문에 슬쩍 넘어갈 수도 있다고 생각했는데 불행히도 방심위의 레이더에 걸리고 말았다.

방심위 출석을 앞두고 몇몇 선배들이 조언해주었다. "나도 예전에 한 번 끌려간 적이 있거든. 그때 조○○ 선배가 부장이어서 같이 갔는데, 들어가기 전에 밖에서 부장이 호기롭게 걱정하지 말라고 큰소리를 치는 거야. 근데 들어가서 어찌한 줄 알아? 심의위원들 앞에서 갑자기 안경을 벗고 눈이 촉촉해지더니, '제가 중학교에 다니는 딸이 있습니다. 딸이 듣고 있는데 상스러운 프로그램을 만들려고 했겠습니까?'라고 하면서 읍소를 하는 거야!"

첫 방심위 출석을 앞두고 잔뜩 긴장한 내게 별거 아니라고, 잘못했다고 말하고 오면 된다고, 선배들도 다 그렇게 했다고 들려주는 이야기였다. 조언에 힘입어 나는 '잘못했습니다'를 여러 버전으로 변주해 20여 분간 떠들었고, 다행히 가장 낮은 단계인 '권고' 처분을 받았다. 머리 희끗한 예닐곱 명의 어르신들 앞에 앉아서 '잘못했습니다. 다시는 안 그러겠습니다' 라고 말하는 기분은 참 묘했다. '이게 이럴 일인가? 내가 그 정도로 잘못했나?' 싶어 억울했지만 행여나 진짜 억울한 처분이 내려질까 겁나서 따지지는 못했다.

몇 년 뒤, 내가 만든 라디오 다큐멘터리가 방송통신위원회에서 선정하는 '이 달의 좋은 프로그램'에 뽑혀서 수상하러 그 자리에 다시 가게 됐다. 함께 상을 받는 티브이 피디들과 함께 나란히 앉아 있었고 맞은편에는 시상을 하는 심의위원들이 자리했는데, 몇 명의 이름과 얼굴이 낯익었다. 징계받으러 왔을 때 매섭게 쳐다보던 위원들 몇이 아직 임기 중인 모양이었다. 인생 참. 수상 소감을 얘기할 차례가 되어 마이크를 넘겨받았을 때, 결국 참지 못하고 속마음을 내비쳤다.

"몇 년 전에 방송심의규정을 위반해서 이 자리에 왔던 적이 있는데, 그때 뵈었던 분들도 계시는 것 같습니다. 위원님들께, 심의규정을 위반해서 징계를 받는 피디와 '이 달의 좋은 프로그램 상'을 받는 피디가 따로 있지 않다는 말씀을 드리고 싶습니다. 프로그램을 심의하실 때 한 번쯤 생각해주셨으면 합니다."(적당히 농담 섞어 이야기했다. 제가 언제 또 징계받으러 올지 모르니까요. 너스레를 떨면서.)

\\\

〈정오의 희망곡 김신영입니다〉를 맡게 되면서 부쩍 심의규정을 신경 쓰는 요즘이다. 사람들을 웃기는 일이란 게 줄타기에 비견할 만한 예술이기 때문이다. 재치, 해학, 풍자는 불쾌함과 한 끗 차이다. 한번은 디제이가 본인의 세례명 루시아를 이용해 웃음을 준 적이 있다. 걸걸한 이미지의 개그우먼, 노래 두 곡 이어 틀고 화장실에 다녀와서는 '방광박사 김박사'라고 말할 만큼 거침없는 디제이가 너무도 다소곳한 발음으로 "루티아 지금 신났어요!"라고 하는 게 정말 유쾌했다. 김신영 씨의 개그 센스에 감탄하며 기립 박수를 보낸 날, 회사 심의실로부터 전달받은 모니터 보고서에는 '특정 종교에 치우친 방송'이었다는 지적이 있었다.

별로 신경 쓰지 않아도 되는 사소한 지적이라고 생각한다. 심의실이 본래 그런 일을 하는 곳이라는 것도 안다. 규정 위반 여부만 집중적으로 모니터하는 부서이지 그날의 방송을 종합적으로 평가하는 부서가 아니다. 그걸 모르지 않음에도 허탈한 마음을 지울 수 없었다. 그렇게 웃겼는데, 회사 공식 문서에 남는 기록은 '특정 종교에 치우친 방송'이라는 지적뿐이라는 사실이 그날따라 서운했다.

어쩌면 내게 '모범생 기질'이 있어서인지도 모른다. 싫은 소리 듣고 싶지 않은 마음. 칭찬을 추구하는 태도. 하지만 세상의 많은 일들이 그렇듯 방송도 몇 사람의 칭찬으로 평가받을 수 있는 종류의 결과물이 아니고, 지적받지 않는다고 꼭 좋은 것도 아니다. 대중으로부터 사랑받는 프로그램, 새로운 시도를 보여준 의미 있는 프로그램들 중에 방심위의 징계를 한 번도 받지 않은 프로가 얼마나 될까. '징계 이상의 의미가 있다'고 판단될 때 때로는 심의규정 위반을 무릅쓰고 프로그램을 제작하기도 한다(예능 프로그램의 경우 '저건 피디가 알면서 어겼구나' 싶은 부분이 심심찮게 보인다). 그러나 그런 지적이 잦아지면 디제이가 위축되는 것도 사실이다. 그러니 피디는 그 수위를 넘지 않도록 적절히 제어해주기도 해야 한다.

심의규정을 대하는 태도는 이토록 복잡하다. 좋은 피디라면, 복잡한 게 맞다고 생각한다. '절대 심의규정을 위반하지 않을 거야!'도 아니고, '방송만 재밌으면 됐지 심의 따위 무시해!'도 아니다. 신인이 출연해 잔뜩 얼어 있을 땐, 특정 상호를 한두 번 말해도 그냥 넘어가줘야 한다. 그걸 지적하면 더 얼어버려 방송이 재미없어진다. 위반과 징계가 반복돼 심의위로부터 '요주의 프로그램'으로 낙인찍히는 것도 피해야 한다. 이후엔 별것 아닌 걸로도 징계를 받을 수 있고, 최악의 경우 출연자 교체나 프로그램 존폐로도 이어질 수 있기 때문이다. 무시하기엔, 심의위원회는 힘이 세다.

좋은 피디는 일본의 폭주족 같은 사람이 아닐까 싶다. 일본 폭주족들은 부와앙 달리다가도 신호가 빨간불로 바뀌면 정지선 앞에 얌전히 선다지 않나. 자유롭게 파격을 추구하면서도 한편으로는 심의규정을 흘긋거려야 하겠지만……

참, 내가 써놓고도 폭주족 신호 지키는 소리다.

## 시장에 가면

대학 시절 공지영 작가가 특강을 온 적이 있다. 소설 《우리들의 행복한 시간》이 출간된 지 얼마 안 됐을 때였는데, 그때 들려준 '사형수와 여교수가 만나는 사랑 이야기'를 쓰게 된 배경 이야기가 오래도록 기억에 남는다.

"1997년 12월 30일이었어요. 택시를 타고 가는데 라디오에서 '사형수 23명에게 사형을 집행했다'는 뉴스가 나오더라고요. 다음 정권에 부담을 주지 않기 위해서, 라고 앵커가 설명했어요. 크리스마스와 연말 분위기로 세상은 들떠 있는데, 23명이 처형되었죠. 다음 정권에 부담을 주지 않기 위해서. 그날, 사형수에 관한 소설을 써야겠다고 생각했어요. 중산층인 어떤 사람의 일상을 한번 생각해볼까요. 일단 현관을 나와 아파트 지하 주차장으로 가겠죠. 차를 운전해 어느 건물에 들어갔다가 볼일이 끝나면 다시 운전해서 지하 주차장으로 와요. 이 동선에 폐지 줍는 할머니는 없어요. 노숙자도 없고요. 언제부턴가 우리 사회는 계급에 따라 생활권이 물리적인 공간으로도 분리되었어요. 부자와 빈자가 마주칠 일이 없죠. 부유하게 자란 여자와 가난한 남자가 사랑에 빠지려면 일단 만나야 하는데, 자연스럽게는 만날 수가 없는 거예요. 사형수가 되어 감옥에 가고, 어릴 적 트라우마 때문에 몸부림치다 교도소에 봉사를 가는, 이런 극단적인 상황이 아니라면 과연 이 남녀가 마주칠 일이 있을까요? 두 사람의 동선에 서로가 존재하지 않는데?"

MBC 사옥이 있는 상암동은 비교적 최근에 조성된 동네다. 특히 상암파출소 서쪽, 채널A 건물부터 CJ, YTN 등 방송국이 죽 늘어서 있는 디지털미디어시티 구역은 네모반듯한 방사형의 도로들이 연결된 신시가지로, 인근 아파트 단지들도 모두 2000년대 들어서 생긴 것들이다. 상암동을 걷노라면 설계자의 존재감이 강하게 느껴진다. 시간을 두고 자연스럽게 형성된 마을이 아니라, 누군가 자를 대고 줄을 그어가며 만든 동네라는 느낌을 받는다. 건물들은 모두 어느 회사의 사옥이고(심지어 대개는 신사옥), 가게들은 거기에 세 든 식당과 카페들이다. 오래된 곳, 좁은 골목, 냄새나는 것이 없는 인공미 뿜뿜한 동네. 상암동은 '출근하는 동네'다.

MBC가 상암동으로 이사 오면서 나 역시 이 동네 아파트에 전세를 얻었다. 입사한 이래 늘 바빴지만 특히 아이를 낳은 뒤 최근 몇 년은 정신없이 시간이 흘러갔다. 개편, 공개방송, 크고 작은 특집으로 허덕이는 사이사이 아이들이 감기에 걸려 허둥대기도, 유치원 소풍에 들려 보낼 도시락을 싸기도, 발표회나 입학식에 참석하려 휴가를 내기도 했다. 언제나 하루하루가 빠듯했다. 버티려면 생활 반경을 축소하는 수밖에 없다는 생각에 집을 회사 근처로 옮기고 동선을 단순하게 디자인했다. 나와 아이들 모두 주중에는 상암동을 벗어나는 일이 거의 없다. 효율적으로 일과를 수행하기 위해 시간의 누수를 최소화한 것이다. 15년 전 특강을 들을 땐 별로 와닿지 않던 공지영 작가의 이야기가 딱 내 이야기가 됐다. 곧게 뻗은 보도블록을 걸어 회사와 집을 오가는 나의 출퇴근길엔 폐지 줍는 할머니도, 노숙자도 없다. 나는 다니던 길로만 다니고, 만나는 사람만 만난다. 바쁠수록 더 그렇다. 역설적이게도, 프로그램을 만드는 데 열중할수록 나의 세계는 더욱 좁아진다.

존경하는 선배 K는 라디오 피디가 되면서 자가용으로 출퇴근하지 않겠다 결심했다고 한다. 버스나 지하철, 택시 안에서 사람들과 부대끼며 유지되는 어떤 감각 같은 것이 있으리라. 존경하는 또 다른 선배 H는 새로 프로그램을 맡으면 제일 먼저 그 시간에 택시나 버스를 타고 라디오를 들으며 돌아다녀 본다고 했다. 내가 맡은 시간이 어떤 시간대인지 오감으로 파악하고자 하는 마음이리라. 어느 날, 내게도 그런 원칙이 필요하다는 생각이 들었다. 어떤 사람들이 라디오를 듣는 건지, 그들이 써서 보내오는 사연이 어떻게 만들어지는지 모르는 채 사무실에만 앉아 있는 헛똑똑이가 되고 싶지 않았다.

이런저런 방법을 시도해보았다. 카페나 식당에서 옆 테이블 손님들이 하는 이야기에 귀 쫑긋하고 앉아 있는 일이 재미

있었다. 아무 소리도 없는 이어폰을 꽂고 있으면 유용한데, 웃긴 이야기에 덩달아 피식하지 않도록 조심해야 한다. '블라인드'라는 어플을 들여다보기도 했다. 회사원들의 익명게시판 역할을 하는 어플인데, 'OO 회사 연봉 얼마인가요?', '이 남자, 후회할까요?', '넷플릭스 재밌는 드라마 추천 좀요' 등등 다양한 글이 올라온다. 가장 좋은 건 시장에 가는 것이다. 체력이 방전될 때 수액을 맞고 기운을 끌어올리듯이, '아, 내 세계가 너무 좁아졌구나' 싶을 땐 인위적으로 '삶의 냄새'를 강하게 주입할 필요가 있는데, 그럴 때 점심 약속을 취소하고 망원시장을 한 바퀴 돈다.

시장. 그곳에 다 있었다. 어디 갔나 싶었던 사람들이 거기 다 있었다. 강원도에서부터 굴러와 인테리어 가게 앞에서 오천 원에 팔리는 호박이 있고, 서로 주머니에 있는 돈을 꺼내 보여주며 이걸로 뭘 사 먹을 수 있을지 심각하게 의논하는 초등학생들이 있고, 고요한 상암동에선 만날 수 없는 엄청나게 큰 성량의 아저씨가 과일을 팔고 있다. 내 좁아진 세계를 단숨에 넓혀줄 곳은 망원시장이었다.

언젠가 밤늦은 시간 회사 앞에서 우연히 딸들이 다니는 어린이집의 원장님을 만난 적이 있다. 꽤 늦은 시각이었는데 그제야 퇴근을 하시는지 무척 피곤해 보이셨다. 어린이집에서 보여주던 밝은 웃음이 아닌 야근에 지친 직장인의 얼굴, 내가 처음 보는 원장님의 모습이었다. 나는 생방송을 앞두고 잠시 밖에 나와 담배를 피우던 참이었다. 서로를 발견하자마자 나는 황급히 담배를 비벼 껐고, 그녀는 서둘러 얼굴에 미소를 만들었다. 민망하게 짧은 인사를 나누고 돌아서는데, 잠시 엿본 선생님의 무방비한 얼굴이 잔상처럼 뇌리에 남았다. 어린이와 학부모가 없을 때 어린이집 선생님의 얼굴. 퇴근할 때의 얼굴. 나는 그걸 '일에서 깨어날 때의 얼굴'이라고 이름 붙였다.

어떤 사람들이 라디오를 들을까 생각할 때 나는 '일에서 깨어난 얼굴'을 떠올린다. 퇴근하고 회사를 나서며 이어폰을 귀에 꽂는 사람, 자동차 시동을 켤 때 덩달아 켜진 라디오를 들으며 집으로 향하는 어떤 사람. 유니폼을 벗는 찰나의 얼굴, 마지막 어린이를 배웅하고 돌아선 선생님의 얼굴. 일에서 막 깨어나 직업인의 표정을 지우고 피곤은 피곤대로, 짜증은 짜증대로, 설렘은 설렘대로 만면에 드러내는 순간의 얼굴. 그게 라디오를 듣는 사람의 얼굴일 것이다. 출근의 도시, 항상 업무 중인 동네 상암동에서는 그런 표정을 만나기가 쉽지 않다. 버스나 지하철, 택시, 시장, 식당과 술집이 늘어선 골목에 가면 당장 마주칠 수 있다. 소설가는 어떤 남녀를 만나게 하기 위해 교도소로 몰아넣어야 했지만, 다행히 나는 내 일상의 동선을 조금만 벗어나면 그 얼굴들을 만날 수 있다.

## 첫 방 컬렉터

퇴근길에 라디오를 켰는데 배철수 아저씨가 곧 차승원 배우가 출연할 예정이라고 예고했다. 오~ 이건 들어야 해! 집 지하 주차장에 도착해서도 내리지 않고 기다렸다. 길고 긴 광고가 끝나고 드디어 철수 아저씨가 "여러분, 배우 차승원 씨입니다!" 소개를 하는데, 차승원 배우가 등장하자마자 "이 세상 사람들아~ 모두 모여라~ 내 말 좀 들어보려마~" 노래를 흥얼거리는 게 아닌가. "아니……! 아이구…… 허!!" 철수 아저씨의 목소리에 당황이 잔뜩 묻어났다. 나는 다 큰 어른들의 장난기가 너무 귀여워 깔깔 웃었다.

이날의 자연스럽고도 진심 어린 대화는 나를 내내 웃게 했다. 재미있어서 차에서 내릴 수가 없었다. 철수 아저씨, 차승원 배우, 그리고 무엇보다 이런 즐거운 대화를 들려주는 〈배철수의 음악캠프〉라는 프로그램이 참 사랑스럽게 느껴졌다. 방송이 끝나고 고요한 차 안에서 중얼거렸다. 이런 프로그램을 만들어야 하는데…… 라디오 피디가 되었으니 이런 좋은 프로그램 하나쯤은 만들어내야 하는데…….

어떤 라디오 프로그램을 만들고 싶으냐 누군가 물으면 딱 꼬집어 뭐라 말하기가 힘든데, 어느 순간 '이거요! 이런 라디오를 만들고 싶어요!'라고 외치고 싶을 때가 있다. 〈배철수의 음악캠프〉 같은 라디오. 〈캠핑클럽〉, 〈삼시세끼〉 같은 라디오. 유튜브 채널 〈박막례 할머니-Korea Grandma〉 같은 라디오. 드라마 〈눈이 부시게〉, 〈멜로가 체질〉 같고, 영화 〈벌새〉 같은 라디오. 예능 프로 〈퀸덤〉에서 AOA가 보여준 '너나 해' 무대 같은 라디오. 저렇게 유쾌하고 감동적인 라디오를 만들어야 하는데.

그런 프로그램을 만들지는 못하고 거기 출연한 연예인을 섭외하기에만 급급했다는 생각에 자괴감과 질투로 속이 시끄러운 날, 나는 그 프로그램들의 첫 방송을 본다. '첫 방송 보기'는 나의 몇 안 되는 취미이다. 저 프로그램은 어떻게 시작했는지, 출발할 때의 방향이나 콘셉트가 유지된 부분은 어디고 달라진 부분은 어디인지, 달라졌다면 언제 어떤 계기인지, 이런 걸 찾아보는 일이 재미와 위로, 그리고 배움을 준다. 무엇보다 '대박 프로그램들도 처음부터 완벽했던 건 아니'라는 말을, 도무지 믿어지지 않는 이 낭만적인 말을 다시 한번 믿어보게 된다.

30여 년 전 철수 아저씨가 처음 〈음악캠프〉의 디제이를 맡았던 시기의 방송을 들어보면 아저씨는 지금보다 훨씬 무뚝뚝하고 퉁명스럽다. 심지어 가끔 청취자들과 언쟁도 한다. 아저씨에게 처음 라디오를 시작하실 때 어땠느냐 여쭤보니, 방송

\\\

국 임원들이 별로 안 좋아했다는 얘기부터 하신다. 라디오 디제이 하면 떠오르는 조곤조곤 부드러운 목소리, 그 전형적인 모습과는 사뭇 다른 딱딱한 말투가 낯설었던 탓이리라. 그래도 청취자들은 아주 좋아했단다.

인터넷서점에서 운영하는 팟캐스트 〈책읽아웃〉을 즐겨 듣는다. 김하나 작가의 낮은 톤의 목소리, 편안한 말투, 유머와 날카로운 질문을 적절히 버무려 인터뷰이와 청취자를 동시에 즐겁게 하는 대화의 기술이 일품이다. 팟캐스트 하나를 여기까지 키워 온 예스이십사의 엄지혜 기자를 비롯한 팀원들을 떠올리면, 어쩌면 피디로서 그분들이 나보다 나은 커리어를 가지고 있다는 생각도 든다. 나는 한 프로그램을 그렇게 오롯이 기획하여 성공시킨 경험이 없기 때문이다. 부러움이 한순간에 반성으로 바뀌어 마음이 가라앉을 때, 〈책읽아웃〉 첫 회를 듣는다. 게스트로 출연한 이다혜 기자에게 더없이 딱딱한 말투로 원고를 읽듯이 질문하는 김하나 작가의 긴장한 목소리. 그 방송분을 들으면 어떤 셀럽, 어떤 프로그램도 처음 시작한 날이 있다는 걸 번쩍 깨닫게 된다.

베테랑 연예인들의 긴장한 목소리를 들을 수 있는 귀한 기회가 첫 방송이기도 하다. 수천수만 번을 무대에 서고 방송에 출연한 연예인들도 본인 이름을 건 라디오 프로그램의 디제이가 되면 신기할 정도로 떤다. 카메라 앞에서 자신을 원하는 모습으로 연출하는 데 노련한 프로 방송인이지만, 첫 방송의 어떤 순간에는 본인이 드러나는 걸 감출 도리가 없다.

"손석희입니다. 새벽 3시 30분에 일어났습니다. 그냥 고양이 세수한 번 하고, 우유 한 잔 마시고 나왔습니다. 분골쇄신하겠습니다. 필요하면 환골탈태까지도 하겠습니다."

_2000년 10월, 〈손석희의 시선집중〉 첫 방송.


"제가 적응하는 데 2주 걸리거든요. 2주 동안은 질풍노도고, 아비규환이고…… 그래도 저의 라인업이 구축되면, 청취율 1등, 이건 문제없습니다. 저는 자신합니다. 제가 해냅니다. 2시에 행복, 기쁨, 제가 만들겠습니다."

_2008년 4월, 〈2시의 데이트 박명수입니다〉 첫 방송.


"라디오를 왜 다시 하냐. 간단합니다. 너무 좋아하고요. 여러분들이 너무 그리웠고…… 제가 원래 이렇게 긴장 많이 안 하는 스타일인데, 오늘 첫 방이라서 그런지 많이 긴장되네요."

_2008년 4월, 〈타블로와 꿈꾸는 라디오〉 첫 방송.


　실수할까 긴장하고, 잘하고 싶어서 힘 빡 들어가 있는 노골적인 감정들을 엿보고 있노라면 여느 평범한 신입사원들과 다르지 않다는 생각마저 든다. 여러 방송인들의 첫 방송 오프닝 멘트를 모아서 새롭게 무언가를 시작하는 사람들을 위한 '응원용 음성 파일'로 제작하면 효과 만점일 것이다. 이 사람들도 첫날엔 떨었어! 이 사람들도 떨었다고!!

\\\

오래오래 머물러주면 좋겠습니다.
얼마나 오래냐 하면,
'아, 이제 좀 지겹다'도 지나서 조금 더 오래……
지겨움을 지나야 보이는 것이 있거든요.


사람을 사랑할 때도 그렇더라고요.
무언가를 사랑하는 건,
그것이 주는 지겨움을 사랑하는 거더라고요.

크고 멋져 보이는 기획들이 처음 시작할 때 어떠했는지 돌아보는 건 여러모로 도움이 된다. 만약 그때가 내 기억 속에도 남아 있다면, 나는 그 시작을 어떻게 바라봤었는지를 떠올려 보면 더 좋다. 〈무한도전〉 초기에 나는 어떻게 생각했었나. 〈컬투쇼〉가 처음 시작했을 때 나는 뭐라고 얘기했었나. 〈이소라의 음악도시〉가 폐지되고 〈박명수의 펀펀라디오〉가 런칭했을 때, 〈2시의 데이트〉의 디제이가 윤종신에서 박명수로 바뀌었을 때 내 느낌은 어떠했었나.

그리고 다시 오늘로 돌아온다. 내가 만들어보고 싶은 라디오 프로그램을 생각할 때 그것의 완성형을 떠올리면 꽁꽁 얼어붙어 한 발짝도 뗄 수 없게 되지만, 수많은 시작과 마찬가지로 긴장하고 떨었던 첫 방송들을 생각하면 용기가 좀 난다. 그래서 나는 첫 방송 파일을 모은다. 이것들이 나의 교재이고 위로이다.

## 죽고 사는 문제 아니니까

두 번째 육아휴직을 하고 회사를 잠시 떠나 있을 때, 어느 순간 내 일상에서 너무도 자연스럽게 라디오가 사라져 놀라고 슬펐던 기억이 난다. 여행길에 운전을 하면서는 시디나 휴대폰으로 노래를 듣고 있었다. 지역이 바뀌면 주파수도 바뀌는데, 일일이 찾아서 바꿔가며 라디오를 듣기는 어렵기 때문이다. 짧은 거리를 운전할 때나 집안일을 할 때에야 라디오를 켰는데 그나마도 주파수가 잘 안 잡히면 껐다. 스마트폰 어플을 켜고 블루투스 스피커와 연결하면 라디오를 들을 수 있었지만, 굳이 그렇게까지. 흥미로운 팟캐스트도 많았다. 빨래를 개면서는 티브이를 보거나 팟캐스트를 들었고 설거지를 할 때만 라디오를 들었다. 팟캐스트는 다 말소리여서 설거지 물소리에는 묻혔기 때문이다. 결국 라디오는 BGM 역할이었다. 집중해서 들을만한 환경이 못 될 때만 찾게 되는.

내가 만약 라디오 피디가 아니었다면 딱 이 정도로 라디오를 들었겠구나 생각했다. 세상에서 라디오가 차지하는 비중이 이 정도구나. 출판평론가 장은수 씨가 "앞으로 출판사가 팔 것은 책이 아니라 읽는 습관"이라는 말을 했었는데, 요즘 같은 다 매체 시대엔 모든 컨텐츠 제작자들에게 적용되는 말인 것 같 다. 라디오가 팔아야 하는 건 프로그램이 아니라 라디오를 듣 는 습관이다. 그게 방송국을 떠나니 선명히 보였다.

프로그램을 만들 때는 라디오가 생활의 전부였다. 내 프로 그램도 듣고 동시간대 타사 프로그램도 듣고, 회사에서도 듣 고 집에서도 듣고 차에서도 듣고 주파수 안 잡히면 인터넷 라 디오로 듣고 다시듣기로도 들었다. 라디오방송에서는 7초간 묵음이면 방송 사고이다. 프로그램 안에서뿐 아니라 밖에서도 나는 침묵이 어색했다. 오디오가 7초도 비지 않는 삶이었다. 그런데 회사 밖으로 나오니 다른 세상이 펼쳐졌다. 7초가 아니 라 7시간, 7개월을 듣지 않아도 아무 일도 없었다. 라디오가 내 생활 속에서 아주 아주 적은 비중으로 축소되자, 문득 7초간 라디오에서 아무 소리도 나지 않는 게 왜 그렇게 큰일일까 하 는 생각이 들었다.

7초의 묵음은 방송국 안에서나 큰일이지, 밖에서는 아무 일도 일어나지 않는다. 사람들에게 라디오는, 그냥 라디오일 뿐이다. 일상의 한 부분에 심심함을 덜어주는 조금 유용한 무 언가, 그게 라디오이다. 이걸 깨닫고 나니 복직해서 프로그램 을 만들 때 내 태도가 조금 달라졌다. 프로그램에서 어떤 문제 가 발생했을 때, 내 안에서 나른하게 묻는 목소리가 생겼다. '사 람 죽고 사는 문제 아니야' 단단히 서 있다가 한쪽 무릎이 풀썩

\\\

꺾이는 기분이다. 그래, 죽고 사는 문제 아닌데 뭐.

피디들끼리 '스튜디오의 오류'라고 부르는 현상이 있다. 스튜디오 안에서 출연자들과 녹음할 때 듣는 느낌과, 녹음이 끝난 뒤 편집실에서 혼자 헤드폰을 끼고 듣는 느낌, 그리고 실제로 라디오에서 흘러나올 때 듣는 느낌이 모두 다르다는 것이다. 녹음할 땐 박장대소했던 부분이 라디오로 들으면 썰렁할 때도 있고, 편집하면서 이건 아닌데 싶어 거슬렸던 부분이 전혀 문제로 느껴지지 않고 지나갈 때도 있다. 이런 오류를 최소화하려면 프로그램을 '적당한 거리'에서 바라볼 수 있어야 한다. 그 거리감을 유지하는 감각이야말로 능력이 아닌가 한다. 내 경우, 대부분은 멀어서가 아니라 너무 가까워서, 눈앞에 두고 지나치게 크게 보아서 문제이다. 그래서 틈날 때마다 되뇐다. 라디오일 뿐이야. 죽고 사는 문제 아니야.

## 내가 생각하는 방송의 공영성

내 성격이지만 내 마음에 참 안 든다, 내가 산 오늘이지만 진짜 별로다 생각할 때가 혹시 있으신지. 나는 내가 만든 프로그램이지만 마음에 참 안 든다 싶을 때가 있다.

다이어트 이야기를 너무 많이 한다고 느낄 때.

아이돌에게 애교를 보여달라고 주문할 때.

비윤리적 행위를 했던 가수를 섭외하거나 그 가수의 노래를 선곡할 때.

별일 아닌 걸로 과한 여론의 질타를 받고 있는 가수의 노래를 선곡표에서 뺄 때.

남자는 이렇고 여자는 저렇고, 시어머니는 이렇고 며느리는 저렇다고 정형화된 이미지를 내 프로에서 한층 더 고착화할 때. 비상금 감추는 남편과 그걸 찾아내 바가지 긁는 아내의 사연, 애인에게 뭔가를 사달라고 애교를 부리는 과장된 여자친구 연기로 웃기는 콩트를 내보낼 때.

내가 뻔한 캐릭터들로 진부한 이야기를 이어가는 드라마를 보며 욕하듯이, 누군가는 내가 만든 프로그램을 들으며 라디오는 왜 이렇게 유치하냐며 비웃을지도 모르겠다. 아마 그 드라마 작가도 사람들이 그런 이야기를 좋아하니까, 그래야 시청률이 잘 나오니까 썼겠지. 나 역시 '대중'이라는 실체 없는 상대를 의식하느라 슬그머니 타협하는 일이 많다. 변명하자면, 프로그램은 내가 연출하지만 디제이의 입을 통해 전달되기에 디제이의 이미지를 신경 쓰지 않을 수 없고, 더 근본적·현실적으로는 디제이가 피디에게 쉬이 컨트롤되는 존재가 아니기 때문이기도 하다. 내가 생각하는 좋은 방송의 정의를 제작진 전체와 공유하는 것, 디제이를 설득하는 것, 디제이에게 스태프의 구상을 이해시키는 것이 연출의 전부가 아닐까 싶을 정도로 그 일은 만만치가 않다.

밤 방송을 할 때도 쉽지 않았는데, 재미가 주요 목표인 낮 방송으로 오니 더더욱 어렵다. 차 떼고 포 떼면 대체 무얼 재료로 매일 2시간을 채울 수 있을까 싶어 적당히 물러서는데, 그런 날은 이렇게 괴롭다. 내가 세상을 더 후퇴시킨 것만 같아서, 안 그래도 성차별적이고 외모지향적인 한국 사회에 나쁜 목소리 하나를 더 얹은 것 같아서. 크게 문제가 되는 발언도 나쁘지만, 편견을 강화시키는 평범한 말 또한 나쁘다. 오늘 나는 '평범하게 나쁜 말'로 진보를 늦췄다. 편견을 부수려 지금도 싸우고 있는 사람들이 뚫어야 할 벽을 더 공고하게 했다.

어느 때는 그 벽을 깨는 프로그램을 만들기도 하고, 어느 때는 그 벽 위에 벽돌 한 장 더 얹는 프로그램을 만들기도 한다. 잘 살고 싶은데, 더 나은 인간이 되고 싶은데 스스로가 뜻대로 안 되는 것처럼 방송도 마음대로 되지 않는다. 내가 만들고 싶었던 게 아닌 프로그램을, 내 의도가 아니었던 프로그램을 만들고 있기도 하다. 마지막에 총합을 계산할 때 그래도 부순 벽돌이 조금이라도 많기를 바랄 뿐이다.

이런 고민을 하는 건 내가 공영방송에 입사했기 때문일까, 아니면 이런 성향이어서 다른 회사, 다른 매체가 아닌 MBC의 라디오 피디가 된 걸까. 케이윌의 노래 중에 "못생긴 애들 중에 내가 제일 잘생긴 것 같대"라는 가사가 있는데, 이 세상 딴따라들 중에 제일 진지한 사람, 이 세상 '진지충'들 중에 제일 날라리인 사람이 MBC 피디가 아닐까 한다. 언젠가 〈라디오 스타〉의 피디가 초대석 코너에 출연해 온 가족이 함께 봐도 불편하지 않을 예능 프로를 만들어야 하는 일이 너무 힘들다, 그러나 그것이 공영방송 예능 피디의 숙명이라 생각한다고 말했다. 평소 옷차림도 말투도 딱 '날라리 예능 피디' 같았던 피디여서 들으며 놀랐다. 당신도 어쩔 수 없는 MBC 피디구나 싶었다.

공영방송 프로그램을 만드는 일은 모래주머니를 발목에 차고 경주하는 것과 같다. 심의규정도 엄격하고 안 되는 것도 많다. 케이블 채널에서 버젓이 방송돼 음원 차트 상위권을 차지하고 있는 힙합 음악을 라디오에서는 틀 수가 없다. 아니, 누가 뭐라 하기 전에 피디들 스스로 모래주머니를 찾아서 묶고 있다고 느껴지기도 한다. MBC에 입사해 일하는 동안 체화된, 피부가 되어버린 족쇄가 있다. 제한 없는 상상력으로 깨발랄한 실험을 해보고 싶은데, '까짓, 방통심의위에 한 번 끌려가고 말지 뭐' 하는 배포를 갖는 게 참 안 된다.

　　은유 작가의 책에서 "일회용 컵 사용을 줄이듯 외모에 대한 언급을 자중하고 싶"다는 구절을 보았다. 딱 그런 마음으로 내가 만드는 프로그램에 '나쁨'을 걷어내고 '좋음'을 탑재하려고 노력 중이다. 밤 방송을 할 때 고민 상담 코너에서 성소수자에 대한 사연을 다룬 적이 있다. 레즈비언인 친구가 자기에게 커밍아웃을 했는데 그 비밀을 들은 뒤로 친구의 얼굴을 보는 게 어색해졌다며, 자연스럽게 친구를 대하지 못하는 자신이 스스로도 못마땅한데 어떻게 해야 할지 모르겠다는 여고생의 사연이었다. 이 사연을 고른 건 나름대로는 일종의 사명감이었다. 나는 성소수자의 이야기가 시사 프로그램이 아닌 음악 프로그램에 등장한 것을 들은 기억이 없다. 엄연히 존재하는 사람들을 방송에선 없는 듯 취급하는 것이다. 뉴스에서나 겨우, 그것도 시위를 했다거나 성범죄가 일어났다거나 하는 특수한 사례로만 언급된다. 하지만 이런 고민, 친구의 커밍아웃을 듣고 어쩔 줄 몰라 하는 여고생의 사연이란 얼마나 일상적인가. 이 사연을 빼지 말아야 한다고 생각했다. 이런 게 내가 생각하는 '방송의 공영성'이다.

　　어쩌다 보니 반성으로 시작해서 생색으로 끝나고 말았다.

이렇게 오락가락 비틀거리며 산다. 이 글에서도 마치 일회용 컵처럼 사용하지 않는 게 좋은 단어를 두 번이나 쓰고 말았다. '못생긴 애들'이라는 외모 평가, '진지충'이라는 비하 표현. 웃기면서 불편하지 않은, 재미있는데 양심에 거리낄 것 없는, 어설피 교훈적이거나 의미 과잉으로 무겁지 않으면서도 우리를 앞으로 나아가게 하는…… 그런 프로그램이 가능할까. 일회용 컵 쓰지 않는 마음, 딱 그만큼만 긴장하는 것도 쉽지가 않다.

〈정오의 희망곡〉 시그니처 코너는 '신영 나이트'이다. 2014년 이후 4월 16일에는 '신영 나이트'를 하지 않는다고 신영 디제이가 얘기해줬다. 그래서 오늘도 코너 없이 사연과 신청곡만으로 1, 2부를 채웠다.

각자의 자리에서, 나름의 방법으로 기억하기.
어느 프로그램을 맡게 되더라도 그래야겠다고, 다시 한번 생각했다.

# ◆ 인생, 알 것 같기도, 도저히 모르겠기도 ◆
### -아이유의 '팔레트'와 혁오의 '톰보이'

아이유와 밴드 혁오의 멤버들은 모두 1993년생이다.

　이들은 스물다섯이 된 2017년에 나란히 앨범을 냈는데, 재미있는 건 아이유가 가사에서 '이제 좀 알 것 같다'고 노래하는 반면, 혁오는 '어쩌다 이 나이가 됐을 뿐 아직 잘 모르겠다'고 노래한다는 점이다.

　　이상하게도 요즘엔 그냥 쉬운 게 좋아

　　하긴 그래도 여전히 코린 음악은 좋더라

　　Hot Pink보다 진한 보라색을 더 좋아해

　　또 뭐더라 단추 있는 Pajamas, Lipstick, 좀 짓궂은 장난들


　　I like it. I'm twenty five 날 좋아하는 거 알아

　　I got this. I'm truly fine 이제 조금 알 것 같아 날


　아이유는 이제 본인이 무얼 좋아하는지도, 자신을 향한 대중의 사랑과 미움도, 조금 알 것 같다고 말한다. 혁오는 다르다.

\\\

난 엄마가 늘 베푼 사랑에 어색해 그래서 그런 건가 늘 어렵다니까

잃기 두려웠던 욕심 속에도 작은 예쁨이 있지

난 지금 행복해 그래서 불안해 폭풍 전 바다는 늘 고요하니까

불이 붙어 빨리 타면 안 되잖아 나는 사랑을 응원해

젊은 우리, 나이테는 잘 보이지 않고

찬란한 빛에 눈이 멀어 꺼져가는데

뭘 알 것 같다고 말하든, 아직 잘 모르겠다고 말하든, 스물다섯은 이런 멋진 음악을 만들어 온 세상을 녹다운 시킬 수 있는 나이이다. 사실 무언갈 알거나 모르는 게 나이에 따라 순차적으로 오는 일은 아니지 않은가. 스물다섯에 몰랐던 걸 알게 된 일이 있는 만큼, 그땐 알았던 걸 지금 모르게 되기도 했다.

좋아하는 색깔과 헤어스타일을 정확히 알게 된 나이, 어릴 적 자신이 예뻤다는 걸 아는 나이, 그럼에도 너무 젊어 나이테가 보이지 않는 나이, 그 젊음이 찬란하여 눈이 머는 나이.

여기에 지금 내 나이 서른일곱을 넣어도 전혀 어색하지 않으니, 아이유와 혁오는 대체 어떤 가사를 쓴 건가.

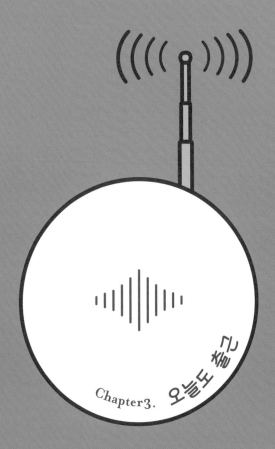

Chapter3. 오늘도 출근

옛날 옛적 MB가 대통령이고 나는 조연출이던 시절, 정기 개편
에서 주말 시사 프로그램을 폐지하고 오락 프로그램을 신설하
기로 결정되었다. 그 새 프로의 조연출로 발령받은 게 나였다.
청취율 제고를 위한 결정인 줄로만 알았다. 충분히 그렇게 생
각할 만한, 특별하지 않은 상황이었다. 진행자 섭외와 프로그
램 세팅을 열심히 즐겁게 했다. 시간이 한참 흘러 MBC는 몇 번
째인지도 헷갈리는 파업에 들어갔고, 많은 사람들을 경악케
한 이른바 '블랙리스트' 문건이 밝혀졌다. 거기에는 그 시사 프
로그램 진행자의 이름도 있었다. 순수하게 청취율만 고려해서
결정한 개편이었는지 그제야 의심이 갔다. 나는 혼란에 빠져
더듬더듬 기억을 그러모아 보았다.

　당시 주말 시사 프로에 대해 비판적인 의견은 피디들 사
이에서도 있었다……지 않았나? 아닌가? 조작된 기억인가? 정
말로 조직의 수뇌부가 정권의 눈치를 보고 적당한 이유를 붙
여 교체를 지시했을까, 아니면 마침 내부에서도 개편 필요성
을 느끼고 있었는데 공교롭게도 그게 블랙리스트에 있는 인

물이었던 걸까? 그가 '좌파'라는 얼토당토않은 이유로 '위'에서 싫어한다는 걸 나는 전혀 몰랐나? 혹시 알았는데 무의식중에 덮어두고 '새로운 오락 프로 신설이 꼭 나쁜 건 아니잖아?'라고 합리화했던 건 아닌가? 무엇보다 직면하기 두려운 질문. 나는…… 나는 '블랙리스트 방송인 퇴출'이라는 희대의 악행에 기여한 것일까? 나치 정권의 성실했던 공무원처럼, 나도 무지에서 비롯된 해맑음으로, 심지어 일에 즐거움까지 느껴가며 부지런히 복무했던 건가?

MBC에서 경험했던 몇 차례의 파업, 그 지난했던 시간을 어떻게 표현할 수 있을까. 파업과 파업 사이에 유유히 흘러가던 침묵의 시간이 왜, 어떻게, 얼마나 고통스러웠는지를 설명할 방법이 과연 있을까. 다큐로 얘기하기엔 너무 암울하고, 농담 섞어 적당히 포장하기엔 아직 상처가 아물지 않았다. 입만 뻐끔거리다 끝날 수도 있지만, 피디로 일하는 이야기를 쓰기로 한 이상 그 시간을 빼놓을 수는 없다.


6개월의 파업이 소득 없이 끝난 겨울, 박근혜 후보가 대통령으로 당선됐다. 그즈음 개봉한 영화가 〈레 미제라블〉이다. 프랑스 혁명군이 바리케이드 안에서 몰살당하는 장면을 보며 저게 나와 동료들의 처지구나 생각했다. 우리가 저렇게 죽는구나. 능력 있는 동료들이 하루가 멀다 하고 징계성 전출을 당하는 회사에서 웃은 날은 죄책감에, 운 날은 우울감에 시달렸다. 해고, 정직, 부당 전보, '신천교육대'라는 끔찍한 명칭의 재교육 장소에서 모욕당하는 선후배들, 그리고 그 틈에 무사한 내가 있었다. 사무실에 남아 프로그램을 만드는, 아무런 징계도 받지 않은 나. 파업 기간 동안 추락한 청취율을 끌어올리려 부지런히 노력해야 하는 나. 이 엄혹한 시기에 시사 프로그램으로 발령받은 동료 피디들을 위로할 수도, 응원할 수도 없는 나. 그게 내가 아님에 내심 안도하는 나.

입사 전까지 집회나 시위에 제대로 참여해본 기억이 거의 없다. 대학에 다니던 시절 등록금 투쟁이 간간히 있긴 했지만 별로 관심을 두지 않았고, 사회 이슈들도 딱히 내 일이라는 생각을 하지 못했다. MBC에 들어오고 파업에 참여하면서, '임을 위한 행진곡'의 가사를 끝까지 외우게 되었다. 오른손 주먹을 어깨 위로 내지르는 행동은 어색하기 짝이 없어 웃음만 나왔고, '투쟁', '집행부', '승리' 같은 단어들도 〈제5공화국〉 같은 드라마의 대사인 듯 들렸다. 그러나 시간이 흐를수록 익숙해졌다. 경영진이 노조 집행부에 손해배상 소송을 제기할 즈음에는 '전술'이라는 단어가 더 이상 웃기게 들리지 않았다. 그 어떤 어휘보다 현실적이었다. 전선은 선명했고 피아(彼我)도 쉽게 구분됐다. 경영진은 적, 파업을 접고 사무실로 올라간 사원은 배신자, 정치권은 잘 활용해야 할 도구. 사장이 법인 카드를 유용한 증거를 찾아 일본의 숙박업소를 뒤지고 다니는 일을 맡은 동료들도 있었다. 그렇게 필사적으로 싸웠다.

MBC의 파업은 반복되었다. 전쟁놀이에 진지하게 몰입했다가 빠져나오길 몇 년간 되풀이했다. 싸움의 한복판에 있을 땐 모든 게 선명했지만 싸움이 끝나고 나면 혼란스러웠다. 가장 괴로운 건 '인간은 무엇인가'라는 질문이었다. 구체적으로는 '나쁜 인간이란 무엇인가', '사람은 어떻게 나빠지는가'였다. 우리가 적으로 상정한 사람은 한때 상사로, 동료로 지냈던 사람들이었다. 싸울 땐 의심 없이 악인으로 대했지만, 한숨 고르는 타이밍에 부정할 수 없는 진실로 떠오르는 문장이 있었다. 모든 사람은 나빠질 가능성을 품고 산다. 나쁜 사람이 따로 있지 않다. 나쁜 선택이 있을 뿐이다.

나쁜 사람은 평범했던 사람이었다. 일 잘하고 욕심 많은 사람이기도 했고, 일은 못 해도 사람이 좋아 거절을 모르는 사람이기도 했다. 별생각 없는 사람이기도 했고, 신앙이 돈독한 사람이기도 했다. '아주 나쁨'이 아닌 '조금 나쁨', '평범한 나쁨'에 대해서도 알게 됐다. '튀지 않겠다', '행동하지 않겠다'는 선택이 결과적으로 옳지 않음을 선택한 것이 되었다. 이런 상황이 아니었으면 무난하게 관계 맺었을 사람들이었다. 모두가 선택의 궁지에 몰리면서 멀어지지 않아도 될 사람들과 멀어졌고, 보지 않아도 될 도덕성의 바닥을 굳이 보게 되었다('봄'을 당했다는 표현은 왜 한국어에 없을까).

마치 《라쇼몽》처럼 파업을 겪은 모든 사람들이 각자의 목격담을 갖고 있을 것이다. 나로 말할 것 같으면, 'MBC 파업'이라는 사안은커녕 내 몫의 경험조차도 아직 정리하지 못하고 있다. 겨우 하나 건진 명제는 '모든 사람은 나빠질 가능성을 품고 산다'는 것. 나는 정말로 이 사실이 무섭다. 누구나 언제든 내가 증오하고 경멸했던 사람들, 한심하게 여겼던 사람들처럼 될 수 있다는 걸 알아버렸기 때문이다. 그건 그렇게 어려운 일이 아니다. 내면의 목소리에 한두 번만 눈감으면 된다. 외면은 습관처럼 익숙해질 것이고 그러다 보면 어느새 스스로 그게 맞다고 믿고 있을 것이다.

그것은 늙어가는 일과 비슷하다. 아니, 그 자체가 어떻게 나이 들어 갈 것인지를 선택하는 순간들이다. 나는 내가 추하게 나이 들까 봐, 조직의 적체된 기성세대가 될까 봐 두렵다. 나빠지려고 마음먹은 사람들이 따로 있는 게 아니라, 부단히 자신을 성찰하지 않는 평범한 사람들이 옳지 않은 길로 들어서는 거라는 걸 안다. 트레바리의 윤수영 대표가 이런 말을 했다. "갈수록 빠르고 복잡하게 변하는 세상에서는 지속해서 업데이트를 하지 않으면 경제적으로도, 도덕적으로도 도태된다." 핵심은 '도덕적으로도 도태된다'에 있다. 지적으로 연마할 것, 선택의 순간에 숨지 말고 행동할 것. 명심하지 않으면 어느새 내가 욕하던 그 사람들처럼 돼 있을지 모를 일이다.

다시 한 번, 내 손으로 폐지 작업을 했던 한 시사 프로그램을 생각한다. 그건 그저 평범한 개편일 뿐이었다고 쉽게 결론 지으면 안 되는 이유는, 타락의 첫 단추가 '단언'이라 생각하기 때문이다. 단언하는 대신, 그랬을지도 모른다고 생각하는 게 나를 위해 좋다. 블랙리스트 구현에 나도 일조했을지도 모른다. 이 죄책감과 긴장감을 기억해야 한다. 나를 포함한 누구도, '나빠질 가능성'으로부터 안전한 사람은 없다.

딸아이가 학교 도서관에서 빌린 책을 잃어버렸다. 학교 일과 중에 도서관에 가는 시간이 있는데, 벌써 며칠째 혼자 교실에 남아서 잃어버린 책을 찾고 있다고 한다. 선생님께 "책이 없어졌어요"라고 말하자 선생님이 교실에서 찾아보라고 하셨고, 딸아이는 '잃어버린 것 같다'는 말을 못 해서 계속 도서관에 못 간 것이다. 나는 딸에게 "사서선생님께 잃어버렸다고 말씀드리고 어떻게 해야 하는지 여쭤봐. 같은 책으로 사오라거나 책값을 가져오라거나 뭔가 말씀을 해주실 거야"라고 얘기했다. 누구나 할 수 있는 실수니 크게 걱정할 필요 없다고도 덧붙이면서.

문득, 어린 시절의 나였으면 어땠을까 하는 생각이 들었다. 우리 집은 책 한 권 값도 부담인 형편이었고 그런 집안 사정을 나는 너무 잘 알았다. 엄마나 선생님한테 '책을 잃어버렸다'고 말할 수 있었을까? 가난한데다 소심하고 수완도 없던 나는 전전긍긍하다가 영영 도서관에 발길을 끊었을 가능성이 높다.

\\\

가난. 가난에 대해 새삼스레 생각하게 된다. 지금껏 발 담가
온 모든 집단에서 늘 내가 제일 가난했다. 진학하는 학교마다,
모임마다, 옮기는 교회마다. 당연히 회사에서도. 입사가 결정
되고 신입 사원 연수원에서 첫 주를 보내고 나는 남자친구에
게 "MBC에서 내가 제일 가난한 것 같다"고 했었다. 어떻게 아
느냐고? 그런 건 그냥 알 수 있다.

가난은 눈에 보인다.

가난은 냄새가 난다.

가난은 살갗으로 느껴진다. 겨울엔 살을 에고 여름엔 땀으
로 흐른다.

그리하여 가난에는, 특유의 냄새가 있다.

가난은 심장을 움켜쥔다. 손발을 묶는다.

가난은 성격도 빚는다.

착하게—미담이 되어 도움을 끌어낼 수 있도록.

밝게—이왕이면 감탄도 자아낼 수 있도록.

권리에 민감하되—조금이라도 놓치지 않기 위해.

지나치지는 않게—거슬리지는 않도록. 알아서 스스로의 자
리에서 몸을 웅크리도록.

가난은 흔적을 남긴다. 대체로 상처라는 형태다.

그래서 가난은 가난을 알아보는데, 심지어는 가난했던 과
거도, 유년기의 지나간 가난도 알아본다.

아니다. 가난은, 특별히 가난했던 유년기를 더 잘 알아본다.

가난과 적당히 화평하게 지낼 수 있을지는 모르나 진정으

로 친밀해질 수는 없다.

가난한 지인, 가난한 친척과 얼마나 친해질 수 있는지 가슴에 손을 얹고 생각해보자.

나는 그랬다. 부유했던 친구들과 진정으로 친밀함을 느꼈던 기억이⋯⋯아무래도 없는 것 같다.


내가 왜 라디오 피디가 되고 싶어 했었는지 생각해봤다. 언젠가 블로그에 이런 글을 썼다.


**어린 시절 줄곧 나를 꿈꾸게 하고 공상하게 했던 건 라디오였습니다. 음악이 있고, 재미있는 이야기가 있고, 어딘가 우아한 사람들**(유희열, 이소라, 정석원, 신해철, 이승환, 이적, 김진표⋯⋯)**이 살고 있는 라디오, 그 언저리에서 뭐라도 하고 싶었습니다. 청소도 좋고, 잡일도 좋고, 글 쓰는 일, 음악 고르는 일, 그 무엇이 됐든 라디오 근처에서 일하고 싶었습니다. 그런 단순하고도 간절한 열망이 저를 이끌었고, 어느새 라디오 피디가 되었습니다.**


라디오가 너무 좋아서 라디오 근처에서 돈벌이를 하고 싶었다는 말, 맞는 말이다. 그런데 요즘에는 스스로에게 이렇게 묻게 된다. 그렇게 라디오를 좋아했는데 나는 왜 라디오 '안에서'가 아니라 '근처에서' 일하고 싶었을까? 내가 동경하던 건 라디오에 나와서 말하고 노래하던 그 똑똑하고 유머러스한 사람들이었다. 당시 내 눈에는 그들이 세상에서 가장 매력 있어

보였고, 그들이 추천하는 음악이 제일 멋지게 들렸고, 그들이 소개하는 만화책과 영화는 꼭 찾아봐야할 것만 같았다(이제는 말할 수 있다. 〈바그다드 카페〉는 졸렸고, 〈멋지다 마사루〉는 재미없었다). 그들이 사는 세계를 더 가까이에서 엿보고 싶었지, 그 세계에 들어가고 싶다는 생각은 차마 못 했다. 내 수준에서 그 근처에 가까이 갈 수 있는 현실적인 방법이 스태프가 되는 거라고 생각했다. 왜? 왜 그렇게 생각했을까?

내가 자란 동네는 서울에 있는 4년제 대학에 입학한 자식보다 고등학교 졸업하고 공무원 시험을 봐서 일찍 돈을 버는 자식을 더 높게 쳐주는 곳이었다. 옆 동네에 K대학을 졸업하고 고향집에 머물며 취업을 준비하는 오빠가 있었다. 우리 아빠를 포함한 온 마을 사람들이 여봐란 듯이 서울로 대학 보내봐야 소용없다며 그 오빠의 이야기를 해댔다. 다행히 엄마가 그 모든 소음으로부터 내 귀를 막아줬고 온 힘을 다해 등을 떠밀었다. 서울 아니라 미국에라도 가라고, 갈 수 있다고 말씀하시는 로켓발사대 같은 엄마 덕분에 퓌웅…… 뒤도 안 돌아보고 그 시골을 떠나왔다. 그래서 자연스레 내 목표는 '안착'이 되었다. 제때 궤도에 진입하지 못해 이탈하면 영영 이 우주를 떠도는 쓸모없는 물건이 될 테고 마을 사람들은 나와 엄마를 보며 '저 봐라, 이 동네에선 로켓 말고 자전거나 경운기가 최고다'라고 할 거였다.

20대를 돌아보면, 극강의 실용성, 최대한의 효율을 추구하며 살았던 것 같다. 돈이 없으니 당연히 시간 여유도 없었다.

'도움이 되지 않는 일'을 '경험 삼아' 해볼 수가 없었다. 책 한 권을 읽어도 이게 취업에 도움이 되는 건지를 무의식중에 계산했다. 앞뒤 재지 않고 어딘가에 푹 빠져보는 게 젊음의 특권이라고 다들 말하고 나도 그렇게 생각한다. 심지어 당시에도 그걸 알았다. 그렇지만 그렇게 할 수가 없었다. 나와 비슷한 형편에서 자란 남편과 어느 날 '20대를 돌아보면 뭐가 제일 아쉬운지'에 대해 대화한 적이 있다. 둘 다 동의한 건, 그 시간을 그렇게 보낸 것이 우리의 최선이었다는 것이다. 다시 돌아가도 그보다 나은 시간을 보낼 수는 없을 것 같다. 그래서 그게 좀 억울하고 슬프다. 20대의 나에게 다양한 경험을 해봐라, 네 마음을 끌어당기는 일에 푹 빠져봐라, 여행도 다니고 책도 많이 읽어라, 말할 수가 없다. 당시의 나로서는 불가능했다. 그렇게 하려면 외부의 도움이 필요했다. 그래서 요즘 같은 시대에는 청년들에게 등록금을 넘어서 '낭비할 돈'을 장학금으로 주는 게 필요하다고, 창의적인 인재를 길러내려면 그래야 한다고 생각한다.

내가 조금 덜 가난했다면 나는 라디오를 들으면서 무엇을 꿈꿨을까. 어쩌면 음악을 하고 싶어 했을지도 모르겠다. 평론가나 작가로 소개되던 게스트들처럼 라디오에 출연해 재미있는 이야기보따리를 풀어놓는 프리랜서의 삶을 살고 싶어 했을 수도 있다. '가난하지 않았다면 라디오 피디가 아니라 뮤지션이 됐을 거야'라고 말하고 싶은 건가? 마음 같아선 그렇게

\\\

떼를 쓰고 싶지만 꼭 그런 건 아니다. 뮤지션들 대부분이 나름의 위험부담을 나름의 모험심으로 짊어지고 그 길을 걸어왔음을 안다. 그러나 내가 용기를 내지 못했던 이유, 그 선택지를 아예 지워버렸던 이유, 안정을 추구하는 성격으로 성장한 이유에 가난이 중대한 축이었다고는 말할 수 있다. 유희열과 이소라를 좋아하는, 음악과 글 근처에서 살고 싶은, 극단의 빈곤에서 한 번도 벗어나보지 못한, 안정적인 수입이 직업 선택의 첫째 조건인 소심한 성격의 사람에게 라디오 피디는 지상 최고의 직업으로 보였던 것이다. 그러니 내가 블로그에 썼던 저 글 중 "청소도 좋고, 잡일도 좋고, 글 쓰는 일, 음악 고르는 일, 그 무엇이 됐든 라디오 근처에서 일하고 싶었습니다"라는 문장은 거짓말이다. 끝내 피디가 되지 못했대도 나는 라디오 근처에 머물 수 있는 다른 일―글 쓰는 일, 음악 고르는 일, 청소하는 일, 잡일―을 선택하지는 않았을 것이다. 그 일들은 '안정적인 수입'이라는 내 첫째 조건에 부합하지 않기 때문이다. 입사 시험을 준비하던 해, 나는 공무원 시험을 같이 준비하고 있었다.

"왜 라디오 피디가 되셨나요?" 누가 내게 묻는다면 "가난해서요"라고 말하고 싶다. 창의적인 일은 하고 싶은데 안정적인 수입을 포기할 수는 없고, 그래서 라디오 피디가 되고 싶었던 것 같다. 지금 돌아보니 그렇다.

내가 선망하고, 존경하고, 사랑하고, 닮고 싶었던 선배들이 있
다. 많다. 어떻게 저렇게 대단할까, 어찜 저리 멋질까 생각했
다. 그들을 바라보는 요즘 내 마음은…… 사춘기 학생이 부모
님을 생각하는 마음과 비슷하다. 엄청 크고 대단해 보였던 부
모님이, 실은 그저 한 인간이었음을 깨닫는 당혹감 같은 것. 그
당연한 사실을 어떻게 이제야 알게 되었는지 황당하다면, 그
저 내가 그만큼 어리고 무지했다고 변명할 수밖에 없다.

부모님이 거대한 산처럼 느껴지는 유년기를 지나, "엄마 아
빠가 뭘 알아?"라고 철없이 구는 사춘기도 지나, 내가 잘해 '드
리는' 거라고 어쭙잖은 연민을 느끼는 20대까지 보내고 나면,
어느 순간 다시 부모님이 정말 대단했음을 깨닫는 시간이 온
다. 무너지지 않고, 망가지지 않고, 세상과 삶이 집요하게 던지
는 짓궂은 희롱으로부터 스스로와 가족을 지켜낸 것이 얼마나
존경받을 만한 일인지, 그 희롱에 몇 번 다쳐보고 나서야 뼈저
리게 느끼게 된다. 그러면 비로소 부모님이 '동료'로 보인다. 내
가 부모에게 상처받았다고 생각했던 사건들도 다른 시각, 다

\\\

른 감정으로 정리해보게 된다.

　선배들에 대해서도 그러하리라. 이제야 겨우 그들의 인간적인 모습을 볼 수 있게 되었으니, 얼마간의 시간이 더 지나고 나면 또 다른 차원의 동료애를 느끼게 되지 않을까.

## 공개방송을 준비하던 어느 날

상처받은 날

고립된 날

외로운 날

모두가 힘을 합쳐 내 숨통을 끊으려는 건 아닐까 진지하게
의심한 날

저녁을 챙겨 먹지 못하고 생방송에 들어간 게 며칠 째인지
세어본 날

MBC가 망했으면 좋겠다고 생각한 날

회사를, 혹은 라디오국을 떠났던 사람들을 떠올려본 날

나도 그러고 싶다고 생각한 날


이런 마음으로도 웃으면서 방송해야 했던 날

그럴 수 있다는 걸 깨달은 날

내일이면 다시 출근해 죽도록 일할 내 일개미 근성이 혐오
스러운 날

\\\

시간이 지나 '끝나고 돌아보니 좋았어'라고 말할까 봐 두려운 날

그래서 잊지 않으려 해두는 기록

아이를 어린이집에 등원시키고 카페에 앉아 책과 태블릿 피시를 꺼낸다. 열 페이지 남짓 읽었는데, 이제 겨우 몇 줄 썼는데 어느새 출근 시간 알람이 울린다. 부랴부랴 회사로 달려가며 생각한다. 다 때려치우고 시골 어디 내려가서 조용히 살까…….

회사에 다니면서 아이를 키우는 동시에 내 자아를 잃지 않는 일이 너무나 고되게, 불가능하게 느껴질 때가 있다. 차라리 한 가지 일에 올인하는 게 쉬울 것만 같은 날. 가족에게 양해를 구하고 일에만 집중하는 게, 회사 그만두고 글만 쓰는 게, 아니면 아이만 키우는 게 낫지 않을까, 뭐 하나라도 포기하는 게 어떨까 고민될 때…… 복잡함을 끌어안고 그 안에서 균형을 잡으려 안간힘 쓰는 사람들을 생각한다. 요즘 나는 과감히 하나에 몰두하는 열정보다 복잡함을 끌어안는 괴로움이 아름다워 보인다.

밴드 '9와 숫자들'의 보컬 송재경 씨는 건설회사 과장님이다. 홍대에서 밴드를 하다가 회사에 입사했는데, 그동안의 음악 활동을 마무리하는 의미로 기념사진처럼 만든 앨범이 평단과 대중의 호평을 받아 음악을 그만두지 못(?)하고 활동을 계속하고 있다고 했다. 그는 일주일에 한 번씩 칼퇴근을 하고 방송국으로 달려왔는데, '직장 사연 전문 게스트'로서 아주 소중한 코너지기였다. 그는 요즘도 '전업으로 음악을 하는 게 맞지 않을까' 고민한다고 한다. 이번 달까지만, 올해까지만, 이렇게 근근이 이어온 게 지금에 이르렀다고 털어놓는 그가 진심으로 대단해 보였다.

TBWA의 카피라이터이자 《모든 요일의 기록》, 《모든 요일의 여행》, 《하루의 취향》 등을 쓴 에세이스트 김민철 작가에게 대체 시간 관리를 어떻게 하느냐고 물어보았다. 광고 회사도 방송국 못지않게 바쁠 텐데, 어떻게 그렇게 여행을 떠나고 책을 쓰는 건지 궁금했다. 김민철 작가는 '매년 모든 휴가를 다 쓴다'고 비법을 말해줬다. 돈으로 돌려받는 것 없이, 모든 휴가를 다 소진한단다. 회사가 원래 그런 분위기냐 물으니 그렇지는 않다고, 하지만 본인은 입사할 때부터 그래서 다들 그러려니 한다고 말했다. 옳거니! 나는 2019년 새해 계획을 '휴가 다 쓰기'로 정했고, 3월에 일찌감치 이뤄냈다(이 시기에 이 책을 쓰기 시작했다).

장강명 소설가는 신문사 기자였다. 휴가 때마다 소설을 썼고, 마침내 등단에 성공하자 회사를 그만두고 전업 작가가 됐다. 《82년생 김지영》의 조남주 작가, 《잠실동 사람들》의 정아은 작가는 아이들을 키우면서 짬짬이 소설을 써 데뷔했다.

나의 학교 선배 중 한 명은 보습학원에서 과학과 수학을 가르치는 강사로 일하면서 틈틈이 영화를 만든다. 언젠가 그의 영화를 영화관에서 볼 수 있기를 바라지만, 설사 그러지 못한다 해도 그토록 충실하게 자신을 지켜가며 삶을 꾸려가는 이를 나는 알지 못하며, 그것으로 이미 그를 존경한다.

내 동생은 물리치료사다. 오전에만. 저녁에는 책방 사장이 되어 책을 파는데, 책이 잘 안 팔려서 '오전에 돈 벌어 오후에 쓰는' 삶을 살고 있다. 서점 이름은 '뒷북'이다. 지금 핫한 신간보다는 오래오래 두고 볼 수 있는 책을 소개해서, 저녁 늦게 책방 문을 열어서, 무엇보다 주인장 이름이 '지연'이라서. 서점은 청주에 있다. '뒷북'이 오래오래 잘 되었으면 좋겠다. 서점이 망하는 건 슬픈 일이다. 뒷북의 흥망성쇠가 청주 시민들의 행복지수와 깊은 관련이 있다고 믿는다.


나는 언제나 모든 일을 '틈틈이' 한다. 잠깐 짬을 내어 글을 쓰고 책을 본다. 밤 프로를 맡아서 아이 볼 시간이 없던 시기에는 일과 중에 잠깐 카페에서 아이를 만났다. 1시간 짬이 나면 운동을 하고 2시간 짬이 나면 글을 쓴다. 3시간 짬이 나면 영화를 보는데 그런 일은 거의 없다. 그래서 영화를 볼 땐 신중히 고른다. '천만인데 봐야 하지 않을까?'라는 식으로 정하기에는 내게 영화 볼 기회가 너무 희소하다.

이런 '짬짬이 인생'이 짜증스러울 때도 있다. 책 몇 장 읽다 보면 운동 갈 시간, 글 몇 자 쓰다 보면 출근할 시간, 어느새 아이들은 쑥쑥 커 있고, 순둥이 남편도 참다못해 "너는 아이들이 늘 후순위잖아"라며 서운함을 표현한다. 도망가고 싶은 마음이 하루도 빠짐없이 드는데, 도망가고 싶은 장소는 매일 바뀐다. 어느 날은 가족에게로, 어느 날은 단골 카페로, 어느 날은 일 속으로 도망가 파묻히고 싶다. 복잡함을 끌어안는 결정을 존경한다. 나도 그렇게 살아내고 싶다. 이렇게 버티는 게 의미가 있는 거라고 믿고 싶다. 무엇하나 놓지 못하고 몽땅 끌어안은 채 뒤뚱거리는 내 삶이, 누구에게도 미안해지고 싶지 않은 허황된 욕심이, 이 지독한 생활감이…… 나름의 미학일 수 있다고 믿고 싶다.

프랑수아즈 사강은 1984년에 자서전《내 최고의 추억과 더불어》를 출간했는데, 여기서 그는 자신의 글쓰기가 '삶의 제약에 대한 복수'였다고 털어놓는다. 내게도, 제약을 가해오는 회사에 대한 은밀한 복수로서 책 읽기와 글쓰기가 반드시 필요하다. 공개방송을 준비하며 눈코 뜰 새 없이 바쁘던 어느 날, 이런 일기를 썼다.

> **태풍처럼, 해일처럼, 폭우처럼, 폭설처럼, 생각할 수 있는 그 모든 무지막지한 것들처럼 쏟아져내리는 시간들을 지나며, 무슨 일이 있어도 오전에는 딴짓을 하자고 다짐한다. 운동을 하고, 책을 읽고, 글을 끄적이자고. 내 일과 조금도 관련 없는 무용하고도 아름다운 문장들이 오늘의 나를 구원해주길.**

도망가고 싶은 마음이 하루도 빠짐없이 드는데
도망가고 싶은 장소는 매일 바뀐다.
어느 날은 가족에게로, 어느 날은 단골 카페로……
오늘은 일 속으로 도망가 파묻히고 싶다.

## 함의 실수, 하지 않음의 실수

김영민 교수는 그의 책에서 정년 퇴임을 앞둔 교육자 중 '마지막 수업'을 할 자격을 가진 이는 누구인가를 질문한다.

> 그렇게 자리보전을 했다고 해서 모두 마지막 수업을 할 자격이 있는 것일까. 컴퓨터를 다운시키지는 않지만 꾸준히 속도를 느리게 하는, 애매하게 질 나쁜 바이러스처럼, 평생을 태업으로 일관한 교육자들도 마지막 수업을 향유할 자격이 있을까. 학생이나 동료를 상대로 성폭행을 하지는 않았지만, 저강도 성추행을 꾸준히 해온 사람도 마지막 수업을 개설할 자격이 있을까. 좋은 게 좋은 거라는 무비판적인 태도로 한세상 살아온 이들도 마지막 수업에 나타날 자격이 있을까. 교육과 연구를 등한시하고 권력을 좇는 것으로 일생을 보낸, 그러나 그 덕분에 거창한 보직 경력이나 수상 경력을 쌓은 이들도 마지막 수업을 누릴 자격이 있을까.
> _김영민, 《아침에는 죽음을 생각하는 것이 좋다》, 어크로스, 2018, 139쪽.

요즘 나는 '함'의 실수와 '하지 않음'의 실수에 대해 생각한다. 말이 많고 감정적인 나는 거의 하루도 빼놓지 않고 '내가 왜 그랬을까' 하고 후회한다. 그 말은 하지 말걸, 나서지 말걸, 그렇게 하지 말걸. 호들갑스러운 성격이어서 무엇을 '하는' 실수에 익숙하다. 실수란 '괜히 했다'고 생각하는 일인 줄로만 알았다. 그런데 요즘 들어 '함'의 실수뿐 아니라 '하지 않음'의 실수도 있다는 걸 깨닫는다. '하지 않음'의 실수는 김영민 교수의 표현을 빌리자면 "애매하게 질 나쁜 바이러스처럼 평생을 태업으로 일관"하는, "좋은 게 좋은 거라는 무비판적인 태도로 한 세상 살아가는" 종류의 잘못이다. '함'의 실수는 그 잘못이 눈에 보여서 주위의 비난을 받는 경우가 많은 반면, '하지 않음'의 실수는 쉬이 발견되지 않는다. 심지어 본인에게도.

　피디란 '함'의 실수보다 '하지 않음'의 실수를 더욱 경계해야 하는 직업이 아닐까 한다. 새로운 시도 없이 관성대로만 프로그램을 만든다면 그 피디는 '보통 피디', '평범한 피디'가 아니라 '시도하지 않는 실수를 지속적으로 해온 피디'이다. 어찌 보면 이게 더 나쁘다. 해서 실수한 건 최소한 경험으로라도 남으니까. 시사 프로그램에서 어떤 이슈를 다루지 않는 파장은 다룸으로 인한 파장보다 상대적으로 덜 주목받는다. 그러나 '나쁜 의도를 가진 언론인 한 명' 때문이 아니라 '다루지 않는 언론인 열 명' 때문에 사회가 퇴보한다고 나는 생각한다.

　피디만 그럴까. 어른들 모두에게 적용해보면 어떨까. 이를테면, '세상에 큰 폐 끼치지 않고 평범하게 살아왔다'고 생각하는 누군가에게 "혹시 무언가를 안 하는 폐를 지속적으로 끼쳐 온 건 아닌가요?"라고 묻는 것이다. '잘 살았다'는 말을 하려면 '함의 실수' 뿐 아니라 '하지 않음의 실수'도 경계해야 한다. 부 당함과 불합리에 대해 목소리를 내고 있는가. '가만히 있는 실 수를 저지르는 것'은 아닌가.

추하지 않게 나이 들고 싶다고 점점 더 간절하게 바라게 되 는데, 좋은 어른과 나쁜 어른 사이에 보통 어른이 있는 게 아닌 것 같다.

| 좋은 어른 | 보통 어른 | 나쁜 어른 |
|---|---|---|

이런 식으로 그라데이션처럼 분포돼 있는 게 아니라, 좋은 어른의 여집합이 안 좋은 어른이라는 생각이 자꾸만 든다. 나 이 든다는 것은 기성세대가 된다는 뜻이고, 기성세대는 세상 이 지금의 모습이 된 데 많든 적든 책임이 있다. MBC 라디오국 에서 10년간 살아온 나는, MBC 라디오국의 현재에 10년 몫의 역할을 했다.

A : 요즘 분위기는 어때? 52시간 근무제 관련해서 말이 많던데?

B : 네, 조연출들 업무량이 워낙 많으니까요. 편집실이랑 서버 늘리는 것도 쉽지 않고요.

A : 편집실이 더 있어야 해?

B : 그럼요. 52시간 근무 하려면 더 필요하죠.

A : 밤에 가 보면 빈 편집실 많던데?

B : ……(황당해하며) 선배님, 저희도 밤에는 자야죠.

A : ……(역시 황당해하며) 그러려면 뭐 하러 피디가 됐지?

피디 출신의 높으신 분과 현직 피디의 대화 중 일부이다. 이 이야기를 듣고 처음에는 화제의 책《90년생이 온다》에 등장하는 에피소드 같다고 생각했다. 워라밸이 중요한 밀레니얼 세대와 이를 이해하지 못하는 기성세대의 시각 차이. 그러나 며칠을 두고 저 대화를 곱씹을수록 "그러려면 뭐 하러 피디가 됐지?"라는 말이 의미심장하게 느껴졌다. '밤낮없이 일해야지'의 이유가 열심히 돈 벌어서 우리도 한번 잘 살아보자는 데 있는 게 아니라 "그러지 않을 거면 뭐 하러 피디가 됐어?"에 있다는 것. 여길 짚어야 A를 포함한 기성세대, 특히 현역 때 열정적으로 프로그램을 만들었던 유능한 선배 피디들과 대화의 물꼬를 틀 수 있을 것 같았다.

A는 밤새지 않는 피디를 이해할 수 없다는 투였다. 그렇게 잘 것 다 자고, 쉴 것 다 쉬고 싶었으면 다른 일을 하지 왜 피디가 됐느냐는 말은, 다른 직업은 그래도 되지만 피디는 그런 직업이 아니라는 말이다. 내 직업이 특별하다는 생각, 내가 중요한 일을 하고 있다는 마음가짐은 존경받을 만한 태도이지만 내 직업이 '객관적으로' 다른 직업보다 특별하거나 중요하다고 생각하는 건 유아적이다. 그 우월감이 52시간 근무제를 적용할 수 있는 일과 없는 일이 따로 있다는 유치한 엘리트주의로 이어지는 것 아닐까.

인생에 일의 비중을 얼마나 둘 것인지는 각자의 가치관에 달린 문제이다. 심지어 한 사람이 평생에 걸쳐 같은 무게감으로 일을 대하지도 않는다. 일의 성취에 집중하던 사람도 어느 시기에는 개인 시간을 충분히 갖고 싶어질 수 있고, 또 필요에 따라서는 다시 일에 몰입하는 시기가 오기도 한다. 그러니 어떤 회사, 어떤 직업이든 야근은 선택이어야지 필수일 수는 없다. 어떤 피디는 밤샘 편집을 할 수도 있다. 어떤 회계사, 어떤 선생님, 어떤 회사원이 야근하는 것처럼. 그러나 그 어떤 피디, 회계사, 선생님, 회사원도 매일 야근을 할 수는 없다. 밤에 편집실이 비어 있는데 왜 더 필요하냐는 말은 그래서 틀렸다. 젊은 피디들에게도 좋은 프로그램을 만들고 싶은 열정이 있다. 필요하면 밤샘도 할 수 있다고 생각한다. 일에 대한 애정이 어떻게 나이에 따라 다르겠는가. '나이든 사람들은 체력이 달려서인지 일에 의욕이 없어 보여. 시간만 때우다 퇴근하려는 것 같아'라는 편견이 불쾌하고 모욕적이라면, '요즘 젊은 것들은 편한 것만 찾지 열정이 없어'라는 생각 역시 그렇다는 걸 기억했으면 한다.

　글의 마무리로는 맥 빠지는 이야기인데, 나는 언젠가부터 위와 같은 생각을 윗세대들에게 말하지 않는다. 세대 간 격차에서 오는 생각의 다름을 이해하는 건 불가능하다고 여기게 됐기 때문이다. 특히 어린 세대가 나이든 세대를 설득해서 의견을 관철시키기란, 우리 사회처럼 권위적이고 가부장적인 분위기, 강력한 존댓말 문화와 장유유서의 가치관이 오래도록 지배해온 공기 속에선 매우, 매우 어렵다는 게 내 경험이다. 기성세대를 설득하는 방법으로 편집실을 늘리고 52시간 근무제를 정착시키는 건 지지부진할 수밖에 없다. 생각을 바꾸는 것, 마음을 달리 먹게 만드는 것이 설득으로 쉬이 되는 일이던가. 그래서 나는 만약 변화가 필요하다면, 결정권을 가진 기성세대에게 변화의 필요성을 설득하는 게 아니라 변화의 동력이 있는 젊은 세대에게 결정권을 주는 게 옳다고 생각한다.

# 명예퇴직자 명단이 발표된 날

명예퇴직자 명단이 공개되었다. 좋아하는 선배의 이름이 있었다. 이미 알고 있었음에도 새삼 찔리듯이 마음이 아파왔다. 인생을 두고 선택한 한 사람의 결정에 대해 타인인 내가 마음 아파하는 것은 실례일 수 있다고, 머리로는 생각하는데 마음이 안 그렇다. 말할 수 없이 아쉽고 속상하다. 김영민 교수는 "아침에는 공동체와 나의 죽음을 생각하는 것이 좋다"고 썼다. 부고는 늘 죽음보다 늦게 오기 때문에, 자신과 자신의 공동체가 이미 죽어 있을 가능성이 높다면서 말이다. 내가 속한 공동체에 대해 생각했다. 죽었다고, 죽어간다고 느꼈던 순간이 많았다. 이것이 부고인가 싶은 소식을 받아든 적이 한두 번이 아니었는데 어찌어찌 여기까지 왔다. 그것이 부고가 아니었던가. 젊고 유능한 구성원들의 퇴사는 공동체의 부고가 아닌가.

명예퇴직 신청 기간 동안 나 역시 고민했다. 짜증이 폭발해 그만두고 다른 일을 해볼까 싶기도 했고, 딸아이의 피아노를 사러 악기점에 갔다가 가격을 보고 명퇴는 무슨, 군소리 말고 계속 다녀야지 생각도 했다. MBC는 앞으로 어떻게 될까. 미래가 있나? 라디오는 이 시대에 무슨 의미가 있나. 대중이 듣고 싶어 하는 라디오와 내가 만들고 싶은 라디오의 간극은 견딜 만한 폭인가. 내가 하고 싶은 일과 조직이 내게 원하는 일 사이의 괴리는 또 어떤가. 내가 이 회사에 남는 게 다른 길을 가는 것보다 덜 불행할까? 후회하지 않을 수 있을까? 질문은 꼬리를 물고 이어져 결국 여기에 닿는다. 내가 진짜 원하는 삶은 뭔가. 나는 어떻게 살고 싶은 걸까.

신형철 평론가는 영화 〈노예 12년〉의 감독 스티브 맥퀸이 "이 영화의 주제는 Survive와 Live의 차이를 생각해보는 데 있다"는 말을 했던 걸 상기시키며 이렇게 적는다. "인간이라면 기본적인 생존에 만족할 수 없으며 자신의 삶이 보다 더 가치 있는 것이 되기를 바란다는 것. 그런 갈망이 없다면 그것이 곧 노예의 삶이라는 것." 이런 문장도 보인다. "생존의 트랙을 정신없이 달리다가 문득 이런 의문을 갖는 때가 오는 것이다. '도대체 이게 무슨 의미가 있지?' 가장 성공적인 질주를 하는 것처럼 보이는 인간조차도 가끔 이런 의문에 걸려 넘어진다."

명퇴 카드를 만지작거리며, 스티브 맥퀸 감독과 신형철 평론가의 말이 틀리지 않았다고 생각했다. '도대체 이게 무슨 의미가 있나?'라는 질문 말이다. MBC에 입사한 것 자체로, 내 직업 자체로 그 질문에 답이 되었던 때도 있었다. 그런 회사와 나의 '허니문 기간'이 끝나버렸다. 삼수 끝에 어렵게 라디오 피디가 됐을 때 얼마나 기뻐했는지, 월급 안 받아도 일할 수 있을 것 같던 그 행복감을 생각하면 지금 이렇게 진지하게 퇴사를 고려한다는 사실 자체가 놀랍다. 점점 험난해지는 미디어 환경을 헤쳐나갈 역량이 우리 조직에게 없는 것 같다는 생각을 자꾸 하게 된다. 영리하고 신속하게 한 발 한 발, 실수 없이 내디뎌도 나아갈 수 있을까 말까인데 반복해서 헛발질을 하는 걸 바라보는 심정은 정말 비통하다. 그런 순간순간의 허탈함이 '지금 내가 뭘 하고 있는 걸까?' 자문하게 만든다.

이번 명예퇴직 신청 기간에 나를 막아선 건《나도 아직 나를 모른다》를 쓴 임상심리전문가 허지원 선생이 팟캐스트〈책 읽아웃〉에 출연해 한 말이었다.

누군가가 아직까지 정신질환을 진단받지 않았다면, 그 사람은 조금 더 열심히 살아도 됩니다. 확률 상 조현병이 100명 중에 1명, 조울증이 100명 중에 2명, 우울이 100명 중에 5명, 불안이 100명 중에 5명에서 8명, 자폐가 남아의 경우 68명 중에 1명, 지적장애가 100명 중에 3명, 이렇게 됩니다. 그럼 100명을 모아놓고 봤을 때 정신질환을 진단받지 않을 확률은 너무 낮아요. 그런데 이게 정신질환만인 거잖아요. 신체질환까지 포함하면 어마어마하거든요. 그러니까 그런 운을 뚫고 지금 질환을 진단받지 않은 채로 있는 거예요. 보통은 그런 운에 대해서 너무 쉽게 간과해요. 조금 더 열심히 살아도 되거든요, 그런 분들은. 조금 더 열심히 살아서 사회에 기여를 해줘도 돼요. 기부를 좀 많이 하세요. 너무 퇴사하려고 하지 마시고. 왜냐하면 직장은 자아실현을 하는 곳이 아니거든요. 돈을 버는 곳이에요. 직장이 자아실현을 하는 곳이라는 말은 직장에서 만들어낸 말일 거예요. 여기서 모든 노력과 시간을 쏟아부으라고.

_61-1 [김하나의 측면돌파], 2018. 12. 13.

이번엔 내가 누리고 있는 행운을 쉽게 생각하지 말라는 말, 직장은 자아실현을 하는 곳이 아니라는 말이 나를 설득했다. 그러나 '도대체 이게 무슨 의미인가?' 묻게 만드는 일들이 더 많아진다면, 다음번엔 그 '의미'가 저 말을 설득하게 되지 않을까? 그런 일이 생기지 않았으면 좋겠다. 그래도 나는 아직, 이 일을 좋아하는 편이니까. 하지만 내가 '노예의 삶'을 살고 있다는 자각이 든다면, 용기를 내 생존의 트랙을 벗어날 수 있기를 또한 바란다.

## 당선, 합격, 계급

내가 입사하던 2008년 MBC의 공채시험은 총 5차에 걸쳐 진행됐다. 1차는 서류 전형이었다. 라디오 피디 직군에는 1,600여 명이 원서를 냈고 이 중 200명 정도에게 2차 필기시험의 기회가 주어졌다. 3차 실무면접은 50~60명 선이었던 걸로 기억한다. 의정부 연수원에서 하루 종일 치렀던 4차 역량 평가는 16명, 이 중 4명이 최종 면접에 올라 2명이 합격했다. 그렇게 합격한 그해의 신입 사원은 총 32명이었다. 장강명 작가가《당선, 합격, 계급》이란 책에서 묘사한 그대로이다. 단체시험 형태이고, 경쟁률이 치열하며, 합격하면 갑자기 신분이 상승하고, 이후에는 좀처럼 '합격자'라는 신분을 뺏기지 않는 국가고시나 대기업 공채.

그때나 지금이나 라디오 피디가 되는 방법은 방송국 공채 시험에 합격하는 것뿐이다. 나는 대학교 3학년 2학기 때부터 이 시험을 준비했고, 공부한 지 3년째에 합격했다. 졸업을 앞둔 친구들 대부분이 모종의 시험을 준비했다. 언론사를 비롯한 대기업 입사 시험이나 공무원 시험, CPA 같은 자격증 시험

혹은 대학원 시험. 다 같이 수능을 봤듯이, 이번엔 다 같이 토익이나 시사 상식 공부를 했다. 일정 수준 이상의 연봉을 제공하는 회사에 정규직으로 입사해 안정적으로 학자금 상환을 시작하는 방법으로 시험을 보는 것 외에 다른 길을 생각해낼 수 없었다. 당시엔 방송사 입사 시험이 다른 시험들에 비해 그나마 실용적이라고 생각했다. 기존 프로그램 모니터, 새로운 프로그램이나 코너의 기획안, 섭외할 만한 인물 리스트 등등을 고민하는 게 시험공부였기 때문이다. 그러나 공부를 하는 3년 동안 내가 피디로서의 역량을 점점 더 갖춰갔는지는 잘 모르겠다. 뛰어난 피디를 선발하는 가장 좋은 방법이 '시험'인지는 더더욱 모르겠다.

내가 4차 역량 평가 때 받았던 문제 중 하나는 '주말 오후 4시 프로그램을 기획하라'였다. 한두 시간 내에 적절한 진행자를 찾고 코너도 구성해야 했다. 그날 그 시험문제에 대한 답으로 한 사람의 기획력을 평가할 수 있었을까? 프로그램을 기획하는 스타일은 피디마다 제각각이다. 주말 오후 4시에 사람들이 보통 무엇을 하는지 통계청 자료부터 찾아보며 실마리를 풀어가는 사람도 있고, 예능 프로그램을 닥치는 대로 몰아보면서 아이디어를 얻을 수도 있다. 진행자로 어떤 인물이 좋을지 찾아내는 것부터 프로그램을 짜나가기도 한다. 그렇게 찾아보고, 고민하고, 다른 사람들의 의견도 물어가면서 프로그램 하나, 진행자 한 명, 코너 하나하나를 만드는 게 피디의 일이다. 어떤 연예인이 어떤 부분에 탁월한지 줄줄 꿰고 있는 사람도 능력 있는 피디이지만, 연예인에 각별히 눈이 밝은 작가와 좋은 관계를 유지해 도움을 받는 것도 능력이다. 신선한 코너를 줄줄이 생각해내는 아이디어 뱅크형 피디도 있지만 스태프들과 대화하며 괜찮은 아이디어를 뽑아내는 솜씨가 뛰어난 피디도 있다. 기획은 기획안을 쓰는 게 아니라 그걸 프로그램으로 구현해내는 것이다. 문제를 돌파해내야 능력이다. 이걸 잘할 사람인지를, 1시간 안에 시험으로 평가할 수 있을까? 기획력만이 아니다. 피디로 일해보니 이 직업에 필요한 덕목은 적절한 인물을 찾아내는 눈, 새로움을 추구하는 에너지, 그리고 무엇보다 작가, 연예인, 매니저 등 다른 사람들과 잘 어울려 소통하는 능력 같은 것들이다. 겪어보니, 이건 능력이라기보다 성격 혹은 성향이 아닐까 싶고, 개인의 성향만큼 중요한 게 조직의 동기부여라는 생각도 든다.

나는 어느 날 시험에 합격해 MBC 정직원이 되었고 그때부터 '피디 역할'을 맡아 하고 있다. 피디 일을 할 줄 알아서 시험에 합격한 게 아니라 시험에 합격하고 나서부터 피디 일을 시작한 것이다. 돌이켜보면 시험에 합격했을 때의 나는 '라디오 피디가 되고 싶다'는 의욕 외에 아무것도 없었다. 입사를 하니 선배들이 일을 가르쳐줬고, 사람들은 나를 피디라고 불렀고, 내가 맡은 일에 내가 결정하고 책임져야 했다. 입봉하고 나서부터는 이 사람 저 사람이 내게 '결정해주셔야죠, 피디 양반-' 이라고 말했다. 그렇게 피디가 됐다.

그러면 내가 치렀던 그 시험은 뭐였을까? 황금 같은 시간 3년을 쏟아부어 준비했던 수백 대 일의 입사 시험 말이다. '시험에 합격하면 피디가 된다'는 점에서 본다면 자격시험이지만, 의사나 변호사 자격시험과 달리 합격하고 나서야 업무를 배우기 시작한다는 점에서 꼭 맞지는 않다. 그럼 평가 시험? 얼마나 공부했는지를 평가해서 성적을 매기는? 그런 측면이 있는 시험이기는 했지만 학교도 아니고 회사에서, 평가 자체가 목표일 리는 없다. '시험에 합격하면 피디 일을 배울 수 있다'는 게 현실에 가까우니, 이를테면 의대 입학시험이나 로스쿨 입학시험과 비슷할까? 배울 능력이 있는지를 테스트하는 시험? 그런데 의사 자격시험도 아니고 의대 입학시험 격이라면 경쟁률이 그렇게 높을 일인가? 적절한 지적 능력을 갖춘 피디 일을 하고 싶은 의욕이 강렬한 사람, 이 정도면 사실 누구여도 상관없는 것 아닐까? 1,600명의 지원자 중 800명쯤 걸렀다면, 그중 아무에게 너는 이제 피디야, 역할 부여하고 일 가르쳐주고 몇 년 흐르고 보면 피디가 되어 있지 않을까? 내가 그랬던 것처럼 말이다. 1,600명 중 800명을 뽑는 건 합리적으로 할 수 있겠지만 1,600명 중 2명을 뽑는 일이 과연 합리의 영역일까?

다행인지 불행인지, 방송국에서는 점점 그런 방식으로 인력을 채용하는 비율을 낮춰가고 있다. 다행인 점은 굳이 방송국 직원이 되지 않더라도 콘텐츠 크리에이터가 될 수 있는 방법이 무수히 많아졌다는 것이고, 불행인 점은 여전히 '근로기

준법의 보호 하에 일정 수준 이상의 연봉을 안정적으로 제공받으며 학자금 상환을 시작하는 방법'은 정규직 직원이 되는 길 외에 뾰족한 수가 없다는 것이다. '방송국이 그런 방식으로 인력을 채용하지 않는다'는 건 곧 젊은이들이 정규직 근로자가 되는 길이 더 좁아졌다는 뜻일 수도 있다.

장강명 작가는 이 같은 채용 시스템이 갖는 문제점을 날카롭게 지적한다.

애초에 선발 시험이 완벽하지 않았으므로 무능력한 사람도 더러 뽑히고, 당선되거나 합격할 때에는 유능했지만 이후에 노력을 하지 않아 평범해진 사람도 있고, 시대의 변화에 적응하지 못해 현재 기준으로는 유능하다고 볼 수 없는 사람도 있다. 그런데 내부 경쟁이 없기에 이런 이들이 도태되지 않고 성안에 계속 머문다. 심지어 자신보다 유능한 후배들을 이끌고 지도하기도 한다.

그러면서 조직 또는 업계 전체의 경쟁력이 떨어진다. 애초에 경쟁을 할 이유가 없으니 다들 게을러지고, 거기에 무능한 선배들이 발목을 잡고, 그런 선배를 보며 더 의욕을 잃는다. 무능한 선배들은, 자기 자리를 치고 들어오는 유능한 후배를 건방지다며 깔아뭉개기도 한다.

(…) 엘리트를 모아 놓기는 했으나 외국의 같은 직업군에 비하면 전문성이 떨어진다. 외부 세상이 어떻게 변하는지도 잘 모른다. 그런데도 뼛속 깊이 오만하다. 자신들을 뽑아준 시험의 분별력과

공정함을 믿기 때문이다. 그 시험으로 자신들의 능력이 입증됐다고
여기기 때문이다.

_장강명, 《당선, 합격, 계급》, 민음사, 2018, 425쪽.

장 작가가 지적하는 문제점을 MBC 역시 거의 다 갖고 있
다. 젊은 직원들보다 높은 연봉을 받으면서도 일은 적게 하는
직원들이 있다. 일을 잘하는 사람에게는 많은 일을 맡기고, 못
하는 사람에게는 적은 일만 주어진다. 요즘의 콘텐츠 소비 패
턴이나 주목받는 인물들, 대다수 젊은이들이 사용하는 SNS 같
은 것들에 전혀 무지한 피디들도 있다. 물론 모를 수 있다. 몰
라도 만들 수 있는 프로그램을 맡으면 된다. 그러나 그렇게 시
류와 크게 상관없는 프로그램을 맡는다고 해서 보수가 다르게
지급되는 것은 아니며, 보통 연차가 높은 피디들이 이런 프로
를 맡기 때문에 오히려 높은 연봉을 받는다. 한 번의 시험으로
영원히 신분을 보장받는 공채 제도, 그리고 연차가 쌓일수록
차곡차곡 보수가 많아지는 호봉제가 합쳐져 이런 모순이 생겼
다. 성취욕과 주변의 눈총으로부터만 자유로우면, 일을 못하
는 사람에게도 좋은 직장이다. 관료제 회사, 이른바 '큰 회사'에
다니는 친구들의 하소연이 대부분 비슷한 걸 보니 이게 MBC
만의 이야기는 아닌 듯하다. 연차가 쌓일수록 보수가 많아지
는 시스템이 어떤 논리에 기반한 건지 근본적인 의구심이 든
다. 나이를 먹을수록 일을 더 잘하게 될 거라는 기대? 21세기
에, 경험이 능력과 직결되는 업무가 대체 얼마나 될까? 나이가

많은 직원들은 연금 같은 개념으로 호봉제를 이해하고 있는 것 같기도 하다. '나도 젊을 때 일 많이 했어, 젊을 때 일 많이 하고 나이 들면 좀 쉬면서 월급 받고, 그런 거 아니겠어?'

채용과 업무 배치, 보상 체계 등 인사 시스템 전반에 걸쳐 시대 변화를 반영한 새로운 설계가 필요하다고 생각한다. 이렇게 말하면 어떤 분들은, 그건 노동자에게 불리한 방향이기 때문에 노조는 반대할 수밖에 없다고, 아마 실현되기 어려울 거라고 말한다. 그러나 '노동자에게 불리한 방향'이라는 말의 속내가 의심스럽다. 성벽 안에 들어왔다는 이유만으로 일하지 않아도 보수를 지급받고, 진짜 일할 사람은 계약직으로 젊은 인력을 채용하는 일이 비일비재한 지금이 정말 괜찮은가?

추위를 많이 타는 나는 겨울이면 어그부츠를 즐겨 신는다. 코
트 안에 스커트를 입고 반짝이는 에나멜 구두를 신는 게 참 예
쁘다는 걸 알지만 그러려면 차가 있어야 한다. 정류장에서 버
스를 기다릴 때, 지하철역까지 걸어갈 때 가장 힘든 건 발이 얼
어붙는 것이다. 패션의 완성은 아무래도 자가용 같다.

　MBC에 첫 출근을 하던 때도 한겨울이었다. 나름 단정하게,
그리고 따뜻하게 입고 출근해서 사무실을 돌아다니는데 한 선
배가 나를 불러 세우더니 그런 신발 신지 말라고, 회사에 놀러
오냐고 매섭게 쏘아붙였다. 당황하고 무안한 한편 의아했다.
다른 피디들 모두 편하게 입고 다니던데? 어그부츠가 대체 왜
안 되지? 그럼 운동화는 되나? 부츠와 운동화의 차이가 뭐지?
그 순간만큼은 회사가 학교보다 답답한 조직처럼 느껴졌다.
학교에선 선생님이나 잘못을 지적하지, 나보다 위 학년이라는
이유로 내게 이러쿵저러쿵 얘기하지 않는다. 그 선배가 내 직
속 상사나 인사평가자는 아닌데, 여기는 이렇게 두루두루 지
적하는 문화인가 생각했다.

몇 달쯤 지나 어느 여자 선배에게 물었다. 옷이나 신발은 어느 정도로 갖춰야 하느냐고. 그는 미니스커트든 츄리닝이든 아무 옷이나 입어도 된다고 했다. 내가 조심스레 '어그부츠를 신고 왔다가 한 소리 들었다'고 했더니 누가 그랬냐고 되물으며, 신경 쓰지 말라고 했다. 그의 말이 맞다는 건 금방 알 수 있었다. 중년의 남자 피디들은 등산복을 즐겨 입었고, 여름엔 샌들이나 슬리퍼도 신었다. 애초에 누가 뭘 입고 다니는지 알아볼 만큼 서로에게 관심이 많은 곳이 아니었다. 회사에 적응할수록 내 옷도 편해졌다. 여름에는 짧은 반바지를, 겨울에는 어그부츠를 마음껏 입고 신으며 가끔 궁금했다. 그때 그 선배는 왜 내 복장을 지적했을까. 다들 대수롭지 않게 아무거나 입으라고 말하는데 내게만 허용되지 않았던 이유는 뭘까.

어느 후배의 옷차림에 대해 누가 뒷말을 했다는 이야기를 들어서 이 일이 떠올랐다. 그 후배 역시 내가 들었던 말과 비슷한 이유로 구설에 올랐다. 회사에 출근하는 복장이 아니라고, 반바지가 너무 짧고 민소매도 자주 입는다고 말이다. 사실 민소매에 짧은 반바지는 나도 즐기는 복장이다. 키가 작은 나는 어중간한 길이의 반바지가 안 어울려서 여름 내내 핫팬츠와 미니스커트를 입는다. 10년 차인 내게는 아무도 옷차림을 지적하지 않지만 연차 낮은 후배에 대해서는 부적절하다고 말한다. 변한 게 있다면 10년 전에는 당사자에게 직접 말을 했고, 요즘은 그렇게 이야기하는 사람을 촌스럽게 보는 분위기라는 걸 알아서 면전에 대고 얘기하지는 않는다는 정도.

이런 얘기도 있다. 피디들의 담당 프로그램이 바뀌는 인사 발령 시즌, 한 피디가 후임 피디에게 인수인계를 하고 있었다. 코너 구성이나 제작 방식, 디제이의 근황과 작가들의 업무 분담 등에 대해 말해주는데 이야기를 듣던 후임 피디가 이렇게 말한다. "너는 니가 한 게 맞다고 생각하니?" 맞지 않다는 뉘앙스가 가득 담긴 말이었고, 그래서 본인이 다 바꿀 거라는 얘기도 덧붙였다. 말투에서 짐작하듯 그 후임 피디는 전임 피디보다 연차가 높았다.

전임 피디의 연출이 틀렸다고 생각할 수 있다. 스태프부터 코너까지 전부 다 뜯어고칠 수도 있다. 그런데 만약 전임 피디가 선배였대도 인수인계 자리에서 그런 말을 했을까? 보통 피디들끼리 상대 프로그램을 모니터할 때는 무척 조심스럽게 한다. 밖에서는 알 수 없는 프로그램의 내부 사정이란 게 있기 마련이고, 어떤 연출이 맞는 건지는 당장 평가하기가 어렵기 때문이다. 게다가 재미있다 재미없다, 선곡이 좋다 나쁘다, 진행자가 잘 한다 못한다는 상당 부분 취향의 영역이기도 하다. 그래서 조심스럽게, 예의를 갖춰, 필요한 경우에만 얘기한다. 없는 자리에서의 뒷담화야 하든 말든 성격에 달렸겠지만 누가 면전에 대고 '니 연출은 틀린 것 같아'라고 말하는 걸 본 적은, 내 기억으로는 거의 없다. 그래서 나는 저 말이 무례하다고 생각한다. 선배나 동기에게는 하지 않았을 말을, 어린 후배였기 때문에 긴장 없이 했던 건 아닌지 의심한다.

나와 내 후배가 복장을 지적받은 이유도 마찬가지이다. 나는 처음엔 '여자' 후배이기 때문에 그런 말을 들었나 싶었는데, 시간이 흐르고 조직을 알아갈수록 여자 '후배'이기 때문이라고 생각하게 됐다. 우리는 본인보다 어린 사람에게는 지적도, 칭찬도, 조언도, 참견도, 부탁도, 사생활과 관련한 질문도 편하게 툭툭 던진다. 어린 사람을 대할 땐 모든 것이 느슨해지는 것, 이건 대한민국 전체에 오랫동안 흐르고 있는 문화이다. 선배에게는 하지 않았을 말을 후배에게는 하게 되고, 같은 말을 하더라도 선배에게보다 후배에게 편하게 한다. 불행히도, 그리고 당연하게도, 이런 태도는 업무에서도 이어진다. 연차가 낮은 사람의 잘못을 지적할 때는 비교적 편하게 하는 반면 나이가 많은 사람에게는 웬만해선 얘기하지 않고, 하더라도 길고 장황한 서두와 함께 돌리고 돌려서 말하는데 보통은 이러한 방식을 '예의'라고 표현한다. 요즘 들어 부쩍 이러한 상황이 참 부당하게 느껴진다. MBC 선배들은 종종 본인이 젊은 시절 자신의 선배, 부장, 국장에게 얼마나 거칠게 대들어서 의견을 관철시켰는지를 무용담처럼 이야기하면서 "MBC가 그만큼 열린 조직이고, 소통이 잘 되는 조직이다"라고 말하곤 했다. 예전엔 고개를 끄덕이며 들었던 그 말이 이제는 의아하다. 과격하게 어필해야만 연차 낮은 사원의 말이 가닿는 조직이 과연 열린 조직이라는 뜻인가. 연차 낮은 사원이 과격하게 어필해도 된다는 뜻이라면, 거기엔 '연차 높은 사원이 그렇듯이' 라는 말이 생략돼 있는 것이다. 동등한 의사 표현 권리를 갖는다는 것, 이게 특별한 얘기인가? 무용담처럼 자랑할 만큼?

MBC의 조직 특성상, 연차에 따라 사원→차장→부장→국장으로 직급이 올라간다 해도 보직을 맡지 않는 한 각 피디들의 하는 일은 같다. 한 프로그램을 맡아 연출하는 것. 대기업처럼 승진을 하면서 업무의 범위나 성격이 바뀌지 않으니 사실 사원들 간의 분위기는 다른 회사들보다 훨씬 더 평등한 편일 텐데도 곳곳에서 장유유서의 묵직한 공기가 느껴진다. 나이 많은 사람들의 이야기에는 더 잘 수긍해준다. 의견이 다르더라도 웬만하면 앞에서 대놓고 반박하지 않으며, 부탁이나 지적은 최대한 예의를 갖춰서 한다. 나보다 나이 많은 사람에게 조언하는 경우는 거의 없다. 그러나 어린 사람에게 조언은 '해주는' 일이라고 생각해서 청하지 않은 경우에도 종종 먼저 꺼낸다. 연차가 높은 사람, 특히 아주 나이가 많은 사람의 제안은 연차가 낮은 사람의 제안보다 쉽게 받아들여진다고 느낄 때가 있는데, 비록 겉으로는 다른 이유를 들더라도 실상은 나이와 연차 덕이 크다는 생각을 지울 수 없다. 조직에서는 나이가 어리거나 연차가 낮은 사람이 소수자이다. 회사 생활을 하면서 여성으로서 소수자성을 느낀 적보다 훨씬 더 자주, 강하게 나이에서 기인한 소수자성을 느낀다.

정년을 앞둔 연차 높은 선배가 부서 회의에 들어오지 않는 모습을 종종 본다. '나이도 많으니 난 내 마음대로 할 거야!'라고 하는 '아 몰랑' 정신의 소유자도 없지 않겠지만, 더 많은 경우 선배들의 배려로 느껴진다. 본인보다 후배인 보직 부장이 불편해할까 봐 '빠져주는' 것이고, 연차가 워낙 높다 보니 가볍게 던진 말에도 무게가 실리는 상황이 부담스러운 것이다. 그분들의 선의를 믿지만, 통제되지 않는 사원으로 비치는 것도 사실이다. 업무를 배정하는 것부터 진행되는 일을 체크하거나 지적할 때, 그리고 평가를 할 때까지 나이를 고려하여 이것저 것 더하거나 빼는 번거로움을 거쳐야 하는 사람이 같은 팀원 이라면, 과연 달가울까?

그럼 어찌해야 하나. 검찰이나 군대처럼 동기가 승진하면 같은 기수는 죄다 '옷을 벗어야' 하나? 나이와 연차가 예우로 직결되는 분위기라면 그러는 게 일하기에 편할 것이다. 그러나 그게 좋은가? 누구나 다 나이가 드는데, 나이가 들었다는 이유로 방해물이 되어 물러나야 하는 게 바람직한가? 그냥, 나이와 상관없이 업무와 직급으로만 서로를 상대하는 문화를 가질수는 없을까? 흔히 우리 언어에 있는 존댓말 체계 때문에 나이에서 기인하는 강한 위계를 깨트리기 힘들다고 분석한다. 그게 우리의 문제라는 것을 안다면, 이걸 의식하고 조금씩 바꿔나갈 수도 있지 않을까.


2년 전쯤, MBC 사장이 바뀌면서 대규모 보직 인사가 났는데 나와 친하게 지내던 선배들이 대거 부장, 국장이 되었다. 나는 남편에게 신기하다고 말했다. "나랑 술 마시던 친한 사람들이 부장, 국장이 됐어! 진짜 신기하지 않아?" 남편은 신기할 것 없다고, 네가 나이가 들었다는 증거라고 얘기했다. 아, 그렇구

나. 예전에 내가 부장이랑 친하게 지내는 선배들을 보듯, 후배들이 나를 보겠구나. 새삼 내가 10년 넘게 회사를 다녔다는 사실이 무슨 뜻인지 와닿았다. 어느새 나도 부장이 크게 어렵지 않은 나이와 연차가 됐고, 선배들의 말이나 조직의 결정에 후배들이 느끼는 무게감이 나와 다를 수 있는 것이다. 장유유서가 지배하는 세상에서, 나는 더 이상 불리하기만 한 입장이 아니다. 이걸 잊지 않아야 한다고 생각한다. 그러려고 노력한다. 선배에게 말할 때는 최대한 직설적으로 분명하게, 과한 겸양이나 쓸데없는 웃음을 제거하고. 후배에게 말할 때는 '만약 선배라도 이 말을 했을까?' 한 번 더 생각한 후에 말 꺼내기. 최대한 선배를 대할 때와 후배를 대할 때의 차이가 크지 않도록, 예의를 갖춰 담백하게. 나이가 많이 들어서도 연차가 아니라 내가 하는 업무만으로 평가받겠다는 경계심을 늦추지 않도록 노력할 것.

생각할수록 장유유서는 우리 사회가 극복해야 할 악습처럼 느껴진다. 소통을 방해하고 효율을 떨어트리는 장애물이며, 인간 가치에 대한 왜곡된 인식을 갖게 한다. 인간 대 인간으로 서로를 존중하고 예의를 갖추면 족하지, 여기에 나이를 고려하여 더 존중하고 덜 존중할 이유가 무엇인가. 나이를 기준으로 사람의 무게를 더하고 뺀다면, 다른 기준으로는 안 그러겠는가.

## 진로 고민

2-3년 전부터였나, 진로 고민을 하고 있다. 그토록 하고 싶던 일을, 그토록 원하던 회사에서 하면서도 진로 고민을 하게 될 줄은 20대 땐 상상하지 못했다. 입사 때 내 꿈은 정년퇴직이었다. 평 피디로 정년까지 프로그램을 연출하다가 퇴직하는 것. 평생 프로그램만 만들면 더없이 행복할 텐데 대체 왜 부장, 국장으로 승진을 하는지 의문이었다. 이 속 편한 생각은 시간이 흐를수록 점점 균열이 갔고, 급기야 이제는 이직이나 전직을 진지하게 고민하는 지경에 이르렀다. 라디오라는 매체와 MBC라는 회사를 참 사랑하지만, 한편으로는 징글징글하기도 하다. 오랫동안 싸우며 같이 살아 온 엄마 같은 느낌? 기회가 된다면 다른 회사, 다른 직업을 경험해보고 싶다. 10년쯤 회사에 다니면 다들 이런 고민을 하는 것인지, 요즘 들어 비슷한 연차의 동료들이 휴직이나 연수를 신청하고, 혹은 아예 퇴사해 회사를 떠난다는 소식이 심심찮게 들려온다.

내가 해온 일이 뭔지 모르겠다고 느껴질 때 주변을 두리번

거리게 된다. 시작부터 끝까지 한 팀이 오롯이 맡아 하는 드라마나 예능 프로와 달리, 라디오는 이어달리기이다. 프로그램이 자리 잡고 성과를 내기까지 오랜 시간이 걸리는 라디오의 특성상 디제이를 섭외해 세팅하는 피디와 그것을 키워가는 피디가 다를 때가 많다. 몇 년에 걸쳐 여러 제작진이 이어달리기하듯 디제이와 프로그램을 다듬어가는 것이다. 그중 내게 주어진 기간은 6개월에서 1년, 길어야 1년 반 정도이다. 그렇게 이 프로 저 프로를 오가며 10여 년을 보낸 지금, 가끔씩 허탈하다. 내 디제이, 내 프로그램, 내 대표작이라고 할 만한 게 딱히 없기 때문이다. 매 프로그램에 최선을 다했던 것 같은데 내게 남은 게 뭔지 잘 모르겠다. 애초에 회사원에게 '내 것'은 사치가 아닌가 싶지만, 그래도 한 번쯤은 내가 선택한 디제이, 내가 세팅한 스태프들과 함께 충분한 시간과 공을 들여 괜찮은 프로그램 하나를 만들어내 보고 싶다. "이건 내가 연출한 프로그램"이라고 거리낌없이 말할 수 있을 만한 것 말이다.

뭔가를 기획해서 해보려고 하는데 자꾸 막힐 때, 그러니까, 이 조직이 육중하고 비대한 공룡처럼 느껴질 때 다른 회사는 어떤지 궁금해진다. 몇 년 전 어떤 기획안을 만들어 상사에게 보여주며 '이걸 하고 싶다'고 말했더니 그가 "왜 이걸 해야 하는지 날 설득해봐"라고 대답한 적이 있다. 설득당하지 않을 준비를 잔뜩 한 것처럼 보이는 상사 앞에서 나는 '안 해, 안 해. 더럽고 치사해서 안 하고 만다. 이거 한다고 월급 더 주는 것도 아

\\\

닌데 내가 왜 쓸데없이 이러고 있나?' 비뚤어진 마음이 되고 말았다. "왜 하고 싶냐고요? 피디가 프로그램을 왜 하고 싶겠습니까, 재미있을 것 같으니까 하는 거죠"라고 당시 못했던 말을 여기에 조용히 적어본다.

하고 싶었는데 못 했던 기획은 많다. 한창 미투 운동이 열풍일 때 관련한 토크 콘서트를 제안했는데 못 했다. 유튜브 〈와썹맨〉과 콜라보를 해서 채널을 홍보하는 기획을 추진하다가 무산됐다. 의견이 갈려 원하는 디제이를 섭외하지 못한 경우도 많고, 반대로 내 생각과 다른 기획을 받아 해야 했던 일도 있다. 이건 누구 탓이라기보단 그저 MBC가 그런 회사이기 때문이다. 2019년 MBC가 정한 슬로건은 '새로움을 탐험하다'였지만 회사가 탐험을 허용하는 새로움의 조건은 까다롭게 느껴졌다. 그만큼 이 조직이 거대하고 복잡한 이해관계에 얽혀 있는 것이고, 모험해서 잃을 게 많은 것이리라. 더 늦기 전에 좀 더 가벼운 조직에서 일해보고 싶은 마음이 있다.


변영주 감독과 〈방구석1열〉의 김미연 피디가 JTBC 팟캐스트 〈라디오가 없어서〉에 출연한 걸 들었다. 변 감독이 〈방구석1열〉 시즌1에서 하차한 지 얼마 안 된 시점에 녹음된 방송이었는데, 프로그램 하차와 관련한 그의 솔직한 이야기가 인상 깊었다. 〈방구석1열〉은 2주에 한 번 녹화를 진행하는데 변영주 감독은 방송을 준비하기 위해 매번 15편 정도의 영화를 봤다고 한다. 그는 그게 너무 힘들었다고 말했다. "목요일에 녹화가 끝나고 금요일 아침이 되면, 내 작품을 위해 한 시간도 쓰지 못한 일주일을 보낸 것만 같은 느낌이 들었어요. 내 작품이 아닌 것을 위해 이렇게까지 시간을 쓰는 게 싫었어요. 프로그램을 그만두고 2주 뒤, 이번 주에 녹화가 없다는 것만으로도 충분히 기뻤을 정도예요."

〈방구석1열〉은 시청자뿐 아니라 제작진과 출연진들에게도 꽤 좋은 프로그램처럼 보인다. 매력적인 사람들과의 지적이고도 유머러스한 대화는 참여하는 사람뿐 아니라 지켜보는 이에게도 깊은 즐거움이니까. 아마 변영주 감독도 즐거웠으리라. 그러나 그는 결국 허탈했다고 말한다. 내 작품을 위해 한 시간도 쓰지 못한 일주일을 보낸 느낌 때문에. 내 작품. 내 작품…… 변영주 감독이 여러 번 반복해 강조한 '내 작품'이라는 단어를 가만히 따라 발음해보며, 그가 느꼈다는 허탈함이 어떤 감정일지 상상해보았다. 시간과 애정과 열정과 때로는 건강까지 갈아 넣으며 신나게 일해왔는데, 결국 남의 농사 지어주는 소작농이었음을 실감하는 나의 요즘과 비슷한 감정일까. 변영주 감독에게는 그 '허탈한 열심'을 멈출 이유가 명확했는데, 영화감독도, 소설가도 아닌 나 같은 회사원은 무엇을 '내 작품'으로 삼을 수 있을까. 결국 '내 작품'마저도 회사 안에서 찾아야 하는 처지인가.


나는 방송국 피디가 되어 많은 것을 누렸다. 컨텐츠 제작자로 살아가고 싶었던 내게 MBC는 좋은 직장이었다. 창작물을

시간과 애정과 열정과 건강까지 갈아 넣으며
신나게 일해왔는데,
결국 남의 농사 지어주는 소작농일 뿐이었음을 실감한다.
영화감독도, 소설가도 아닌 나 같은 회사원은
무엇을 내 작품으로 삼을 수 있을까.
결국 내 작품마저도 회사 안에서 찾아야 하는
처지인가……

만드는 사람에게 무엇보다 중요한 것은 그것을 소비해줄 대중이다. 아프리카 티브이 비제이나 유튜버가 되어 라디오방송과 비슷한 일을 할 수도 있었겠지만 그걸 여러 사람이 듣게 만들기까지는 많은 시간과 노력을 들여야 했을 것이다. 그러나 MBC에 입사함으로 나는 이 과정을 생략할 수 있었다. 내가 만드는 프로그램은 전파에 실려 공중에 쏘아졌고, 처음부터 수많은 사람에게 청취되었다. 지상파 방송사의 피디, 대중매체의 제작자가 된다는 것은 그런 위력이 있다. 내가 연출한 프로그램을 대중에게 선보일 기회를 얻는다는 건 창작자에게 큰 행운이다. 그뿐인가. 안정적인 월급 덕분에 결혼하고, 집을 구하고, 아이를 낳아 키웠다. 동료 이상의 의미가 있는 친구들을 만났고, 인생의 멘토라 할 만한 선배도 얻었다. 회사가 제공하는 크고 작은 복지 혜택은 차라리 사소하게 느껴질 만큼, 그 사람들과의 따뜻한 우정은 내 인생에 축복이다. 이 모든 것들을 잘 알고 있음에도 불구하고 점점 더 격렬하게 '일하는 인간'으로서의 내 앞날을 고민하게 된다. 라디오라는 소박한 매체를 사랑하지만 창작자로서 한 번쯤, 유튜브 같은 이 시대 가장 트렌디한 플랫폼의 생리에 대해 경험해보고 싶기도 하다. 데이터에 기반한 분석과 전략 수립보다 '감'에 의한 결정이 익숙한 문화에서 일하다 보니 다른 업종은 어떻게 일하는지 궁금하기도 하고, 영화나 드라마의 스토리 개발은 어떤 방식으로 진행되는지, 런칭하는 프로그램마다 성공해 '○○피디 사단'이라 이름 붙은 그 유능한 팀은 분위기가 어떤지 엿보고도 싶다. 농담처럼, 대학 때 있었던 교환학생 제도를 회사에도 도입하면 좋겠다고 얘기하곤 한다. MBC 라디오에서 프로그램 제작을 경험해보고 싶은 다른 회사 사람이 있지 않을까? 6개월이나 1년쯤, 직원을 교환해 새로운 일을 해볼 기회를 준다면 어떨까?

신입 사원 연수에 강의를 왔던 어떤 선배 피디의 이야기가 기억에 남아 있다. 그는 MBC를 퇴사한 뒤 더욱 명성을 떨치고 있는 피디, 기자, 아나운서의 이름을 죽 읊으며 이렇게 말했다. "이 사람들은 MBC 안에 있을 때도 유능했지만 나가서 더 성공했어요. MBC를 나가도 성공할 수 있는 사람들이 MBC에 모여 있었기 때문에 MBC가 좋은 성과를 내왔다고 생각해요. 나는 여러분도 그런 사람이 되면 좋겠어요. MBC가 아니어도 되는 사람이 되길 바라요."

이 안온한 회사 안에 머물며 성취를 느끼지 못하는 이유를 나열하는 동안, 나는 점점 'MBC가 아니면 안 되는 사람'이 되어 가고 있는 게 아닌가 생각한다. 뭔가 다른 돌파구를 찾아야 한다는 마음속 목소리가 자꾸만 나를 다그친다. MBC에서의 생활이 이렇게 책으로 쓰고 싶을 만큼 큰 의미이고 기쁨이면서도, 한편으로 언제까지 여기에 있는 게 좋을지 고민하는 이유가 여기에 있다.

즐겁고도 고된 하루의 끝에 오늘도 묻는다. 그래서, 어떻게 하면 좋을까?

# #미투

1. 라디오 피디 신입 공채 합격자는 나와 남자, 둘이었다. 회사에 처음 출근해 사령장을 받은 날, 선배들이 환영 회식 자리를 마련해주었는데, 그날 밤 그 남자가 나를 성추행했다. 그의 입사는 취소되었다. 이 일이 알려지길 원치 않았던 내 의사가 존중되어 대외적으로는 자진해서 그만둔 것으로 처리되었다. 당시의 나는 민형사상 소송은 생각도 못했고, 다만 이 일이 알려지지 않기만을 바랐다. 회사 생활을 제대로 할 수 없을 거라는 두려움이 컸다. 사람들이 나를 보며 이 일만 떠올릴 것 같았다.

2. 신입 사원 연수가 끝날 때 즈음, 연수 담당자 중 한 명인 남자 부장이 어디서 뭘 듣고 왔는지, 내게 자꾸 '알고 있다'는 티를 냈다. "힘내. 응? 알지? 무슨 말인지 알 거야." 수치심과 모욕감이 치밀었다. 무슨 짓이냐고, 꺼지라고 소리 지르고 싶었지만 "네"라고 대답했다.

3. 회사 생활이 시작되었고, 몇 달 지나 1박 2일로 엠티를 갔다.

\\\

다들 거나하게 취한 자리에서, 내 근처에 앉아 있던 한 남자 피디가 술주정인 듯 툭 물었다. "야, 너 강간당했다며?" 심장이 쿵 내려앉았다. 소문이 돌았구나. 날 보면서 그 생각만 하는구나…… 그 피디가 조직 내의 공공연한 '고문관'이라는 걸 위안 삼아, 그래도 좋은 선배들이 더 많지 않느냐고 스스로를 다독였다.

4. 예닐곱이 모인 술자리였다. 취한 남자 선배가 밖에서 들어오지 않기에 찾으러 나갔다. 술집 밖 인도에서, 들어가자고 얘기를 나누다가, 그에게 추행을 당했다. 나는 손으로 그의 입을 막았고, 이러지 마시라고 했다. 어쩌어찌 상황이 정리되어 다시 술집 안으로 들어갔고, 아무 일도 없었다는 듯 다시 술을 마시다가 헤어졌다. 집에 돌아가는 길, 그에게 문자가 왔다. '다음에 같이 술이나 한잔하자.' 다음 날이 되어서야, 내게 무슨 일이 벌어진 건지 점점 깨달았다. 답 문자를 보냈다. 당신은 이제 선배 아니라고, 연락하지 말고 인사도 하지 말라고. 당시 그는 다른 부서에 발령 나 있는 상태였기 때문에 사무실에서 마주칠 일이 없었다. 나는 잊고, 아니 잊었다고 착각하고 지냈다. 그런데 두 달쯤 지나 그가 다시 라디오국으로 돌아올 수도 있는 상황이 되었다. 정신이 번쩍 들어 그제야 담당 부장에게 보고를 했다. 이번에도 나는 조용히 넘어가는 쪽을 택했다. 공식적으로 문제 삼고 싶지 않다고, 다만 그가 라디오국으로 오지 않으면 좋겠다고 말했다. 몇 년 전과 같은 이유였다. 일이 알려

지면 사람들이 나를 보며 어떤 생각을 할까 두려웠다. 두 달간 내게 사과하지 않았던 그는, 라디오국으로 올 수 없는 상황이 되어서야 만나 사과하고 싶다는 의사를 부장을 통해 전했다. 부장은 그러지 말라고 했다고, 내게 전해주었다.

내 마음이 말할 준비가 된 사건 위주로, 간단하게 써본 것들이다. 이 외에도 몇 차례, 성희롱과 성추행을 경험했다. 언제나 비슷한 패턴이었다. 그 자리에서는 무슨 일이 벌어진 건지 몰랐거나 알아도 정색하고 '불쾌하다, 사과하라'고 이야기하지 못했고, 시간이 지날수록 불쾌감과 모욕감이 증폭되어 괴로워졌다. 어떤 때는 늦게라도 사과를 받아냈고, 어떤 때는 그냥 지나갔다. 이런 사건들을 겪으며, 정말 믿기지 않게도, 성폭력 피해자들이 흔히 하는 생각을 나도 하고 있음을 발견했다. 내가 뭘 잘못한 게 아닐까? 내게 무슨 문제가 있어서 이런 일이 생기는 것 아닐까? 더 나아가서는, 이 조직에 내가 들어와서 문제가 벌어지는 것 아닐까? 다른 여자 선배들은 멀쩡하게 잘 지내는 것 같은데 왜 나만 이럴까?

입사할 때부터 소동이 있었기 때문에, 나는 무엇보다 문제를 일으키는 말썽쟁이가 아니라는 걸 보여주고 싶었다. 성격 좋고, 사람들과 잘 어울리고, 시키는 일 잘하는 신입으로 봐주기를 바랐다. 회사는 내게 너무 크고 중요한 존재였고, 나는 선배들에게 정말 잘 보이고 싶었다. 신입 사원이었으니까.

돌아보면, 살면서 내가 그토록 약자였던 적이 있었나 싶다. 동등한 또래 집단이어도 새로 들어가면 쭈뼛거려지는데, 적게는 한두 살부터 많게는 서른 살도 더 위인 사람들밖에 없는 조직에서 나만 이방인이니, 당연히 위축되고 절절맬 수밖에. 그리고 사람은, 약자 앞에서 자기 안의 악마성을 드러내게 마련이다. 나를 함부로 대했던 이들은 내가 이 조직에 잘 보이고 싶어 안달하는 걸, 공공연하게 문제를 제기하진 않을 거라는 걸 본능적으로 알아봤던 게 아닐까, 이제 와선 그런 생각도 든다.

성폭력 사건은, 특히나 직장 내 성폭력은 그 속성이 매우 복잡하다. 흔히들 "왜 즉각 거부하지 않았느냐", "바로 인사부에 알리고 고소도 해야지 왜 그냥 있었느냐? 수상하다"라며 피해자의 반응을 이해하지 못하는데, 직장 내 성폭력 사건이 어떤 속성을 갖는지 몰라서 하는 이야기이다. 모르는 사람에게 협박과 위력으로 범죄를 당하는 게 아니라 다양한 인간관계 속에서 벌어지는 일이라는 점, 이게 사건을 얼마나 복잡하게 만들 수 있는지 먼저 이해해야 한다. 피해자가 피해 사실을 깨닫기까지 시간이 걸릴 수도 있고, 피해 현장에서 알았다 해도 즉각 문제를 제기하지 못하는 상황도 있다. 가해자가 가까운 지인일 때에는, 나의 공론화로 인해 그의 인생이 어떻게 될까 하는 쓸데없는 걱정도 하게 된다. 이게 성추행이면, 나도, 나와 친하게 지내 온 그도, 내가 속한 조직도 모두 괴로워지니 성추행이 아니었으면 하는 것이다. 그의 가해 때문이 아니라 내 공론화 때문에 문제가 촉발되는 듯한 착시가 벌어진다.

내 경우, 성희롱이나 성추행을 당했을 때 방어기제가 먼저 발동됐었다. 성희롱이나 성추행이 벌어진 게 아니었으면 좋겠다는 마음이 너무 커서, 아니라고 믿어버리는 것이다. 별것 아니라고, 아무 일도 일어나지 않은 걸로 치자고 생각하는 마음이 나도 모르게, 너무 빠르고 강하게 내 안의 판단자를 설득해버렸다. 술집 밖에서 성추행을 당하고도 다시 술집으로 들어와 아무렇지 않게 술자리를 이어간 나의 행동이 대체 어디에서 비롯된 건지 오래 들여다본 끝에 발견한 사실이다. 그 자리에서 가해자의 뺨을 때리지 않은 나를, 고작 좋은 분위기를 깨고 싶지 않다는 이유로 자리를 박차고 나오지 않은 나를, 추행당한 나보다 같이 있던 타인의 기분을 우선시한 나를 용서하는 데 시간이 걸렸다. 그럴 수 있다고 나를 이해하고 나서야, 내게도 문제를 제기할 자격이 있음을 알게 되었다. 현장에서 소리 지르지 않은 나도, 다음 날 바로 부장에게 보고하지 않은 나도, 없던 일처럼 넘어가려 했던 나도, 뒤늦게라도 가해자의 범죄를 고발할 자격이 있다. 내가 잘못한 게 아니기 때문에. 가해자는 그고, 나는 피해자이기 때문에.

직장 내 성폭력 사건의 피해자가 주로 신입 사원이거나 낮은 연차의 후배라는 점 또한 짚어볼 부분이다. 성폭력 사건 자체가, 문제를 제기하는 순간 가해자가 처벌받기 전에 먼저 피

\\\

해자가 2차 피해에 노출되는 특징이 있는데, 하물며 피해자가 신입 사원이면 어떻겠는가. 피해 사실을 알리고 공식 절차를 밟기가 매우, 매우 부담스러울 수밖에. 가해자는 피해자보다 오랜 시간 회사 안에서 인맥과 입지를 다져왔기 때문에 그의 말에 더 신뢰와 무게가 실릴 가능성이 높고, 피해자는 회사 안에서 신뢰할 만한 우군을 이제 찾아 나서야 한다. 여기에 만약 가해자가 회사 안에서 능력을 인정받는 사람이거나 지위가 높은 사람이라면, 사람들에게 인기가 높은 인물이라면 어떨까. 내가 20대 내내 다니던 교회에서 담임 목사의 성범죄 사실이 밝혀진 적이 있다. 처음엔 나를 비롯한 많은 교인이 아니라고 생각했다. 인정하기가 쉽지 않았다. 내 20대가 통째로 부정당하는 느낌이었기 때문이다. 내가 믿은 건 무엇이었는지, 내가 쏟았던 시간과 열정은 어디로 간 건지 혼란을 감당해야 했다. 아직도 그 목사가 시무하는 교회에 출석하며 그의 설교를 듣는 교인들이 있다. 그들을 보며, 진실이 주는 고통을 대면하기가 이토록 어려운 것일까 생각한다. 김지은 씨가 처음 안희정 전 충남도지사의 성폭력 사실을 밝혔을 때도 비슷하지 않았던가. 아니었으면 좋겠는 거다. 사실이면 너무 끔찍하니까.

한국에서 태어나 자라고 사회 생활을 하는 여자 중, 단언컨대 한 번도 성폭력을 경험하지 않은 사람은 없을 것이다. 학교에서, 버스나 지하철에서, 대학 엠티에서, 그리고 회사에서 늘 위험에 노출돼 있다. 내 이야기를 듣고 남편은 무척 놀라워했다. 소수의 몇몇 여성들만 성희롱이나 성추행을 경험하는 게 아니라 대부분의 여자가 겪는 거냐며, 그럼 한두 명만 이상한 게 아니라 도처에 이상한 남자들이 널려 있다는 뜻이냐고 반문했다. 여성들은 일상에서 빈번하게 벌어지는 일이라고 생각하는데, 남성들은 어디 먼 곳의 소문처럼 느끼는 모양이다. 왜 이렇게 감각이 다를까. 아마 말하지 않는 사건들이 훨씬 더 많기 때문일 것이다. 나처럼 조용히 처리하길 원하는 피해자들이 대부분인 탓일 것이다. 나는 성추행을 하는 이상한 사람이 따로 있는 게 아니라, 어떤 평범한 사람이 상황이 허락할 때 성추행을 하는 것 같다고 얘기했다. 상황이 허락할 때. 그렇게 해도 문제될 것 같지 않을 때. 상대방이 만만할 때. 본인에게 힘이 있을 때.

남편이 성범죄의 일상성에 놀랐다면, 내가 새삼 놀란 포인트는 이토록 일상적인 일인데 대처법에 대해 배운 적이 없다는 점이었다. 얘기하다 보니 그랬다. 그렇게 100퍼센트에 수렴하는 확률로 경험하게 될 일이라면, 당연히 당한다는 가정하에, 사회에 나오기 전 모두가 철저히 훈련받고 나왔어야 하는 것 아닌가. 어린이들 안전 교육하듯이, 일본에서 지진 훈련하듯이 말이다. 그런데 나도 남편처럼 몰랐다. 어른들이 조심하라고만 하기에 조심하면 피할 수 있는 일인 줄 알았지, 이렇게 누구에게나 찾아오는 사고인 줄은 몰랐다. 이건 의무교육에 포함시켜야하는 것 아닌가. 성적인 발언을 들었을 때 분위기를 해치는 것을 두려워하지 말고, 상대방의 나이와 지위에 연연하지 말고, 즉각 불쾌감을 표시해야 한다고 가르쳐야 한다. 연습도 해야 한다. 공공장소에서 모르는 사람에게 당하는 성추행, 지인에 의한 성추행, 술자리에서의 성추행, 직장 내 성추행 등에서 어떻게 대처해야 하는지 알려줘야 한다. 회사 사규와 법률에서 어떻게 처리하도록 하고 있는지 숙지하고 있어야 한다. 몸에 배어 자동으로 반응이 나올 수 있도록.

나는 이제 신입 사원이 아니다. 내 업무 역량과 커리어, 회사 내 인맥과 평판에 어느 정도 자신이 있고, 무엇보다 이 회사 아니면 먹고살 길 없겠나 하는 생각도 한다. 이 회사에서 잘못되면 인생 망할 것 같았던, 어떻게든 여기서 라디오 피디 일을 하고 싶었던 20대 때와는 위치도, 마음가짐도 달라졌다. 게다가, 나를 지지하는 가족도 있다. 이런 글을 쓰면 혹시 당신에게도 부담이지 않겠냐고 물었을 때 남편은, 네가 가해자가 아니라 피해자인데 뭐가 문제냐고 말했다. 그래서 이 글을 써야 한다고 생각했다. 연차 낮은 사원들은 성희롱이나 추행을 당했을 때 문제를 제기하기 위해 훨씬 큰 부담과 압박을 견뎌야 한다. 내가 그랬듯 조용히 삼키는 이들이 있을 것이다. 가해자는 늘 그렇게 약한 이들을 노린다. 피해자는 침묵하고, 남자들은 성범죄가 이토록 가까이에서, 이토록 빈번하게 벌어진다는 걸 믿지 못한다. 후배들이 지금 겪는 일을 말하는 것보다, 내가 과거에 겪었던 일을 말하는 게 쉬울 것이다.

미투. 나도 말한다. 내가 겪은 성폭력뿐 아니라, 그 일들을 어째서, 어떻게 제대로 처리하지 못했는지도 함께 말하고 싶다. 그래서 우리가 어떻게 변해야 하고 무엇을 보완해야 하는지 조금이라도 더 많은 이들과 함께 고민하고 싶다.

# ◆ '나는 왜 이럴까 병'이 찾아올 때 ◆

### -김현철 '누구라도 그런지'

내게는 정기적으로 '나는 왜 이럴까 병'이 찾아온다. 모든 생각의 귀결이 '나는 왜 이럴까'로 이어지는 병이다.

내가 만드는 프로그램, 내가 섭외한 코너들은 너무 초라해 보이고, 경쟁사 프로그램, 다른 PD들이 만드는 프로그램은 다 멋져 보인다.

언젠가 유독 녹음도 많고 섭외 전화로 종일 휴대폰을 붙잡고 있던 날, 드디어 하루를 끝내고 '아, 오늘 일 참 많이 했다!' 하면서 퇴근하려던 찰나 우연히 그날 타사 프로그램에 트와이스가 출연했다는 기사를 보게 되었다. 순간 마음이 텅 비워지면서 모든 게 의미 없어 보였다. 열심히 전화 돌리면 뭐하나, 트와이스도 섭외 못 하는데. 종일 녹음하면 뭐하나, 트와이스도 섭외 못 하는데. 나는 왜 트와이스를 섭외하지 못한 걸까. 나는 왜 그런 수완이 없을까. 나는 왜 이럴까.

그럴 때 듣는 노래가 있다. 김현철의 '누구라도 그런지'.

왜 이렇게 산다는 게 힘이 드는지

왜 이렇게 산다는 게 어려운 건지

누구라도 산다는 건 그런지


왜 이렇게 내 노래가 듣기 싫은지

왜 이렇게 내 노래가 짜증나는지

누구라도 내 노래는 그런지


이 앨범은 1992년에 발매된 김현철 2집 수록곡이다. 1989년 스물한 살의 나이에 '춘천 가는 기차'와 '동네'가 수록된 1집 앨범을 발매해 천재 뮤지션으로 일컬어지던 김현철이 저런 가사를 쓴 것이다. "왜 이렇게 내 노래가 듣기 싫은지, 왜 이렇게 내 노래가 짜증나는지, 누구라도 내 노래는 그런지."

김현철 씨가 오랜만에 신보를 내고 내가 연출하던 〈정오의 희망곡 김신영입니다〉에 출연했다. '이번 앨범이 이렇게 됐으면 좋겠다, 하는 바람이 있느냐'는 질문에 이렇게 대답했다.

"어떤 곡이 온전히 내 노래가 되려면, 발표를 안 해야 해요. 발표하면 그때부턴 내 노래가 아니고, 듣는 사람에게 가는 거예요. 그래서 저는 이 앨범이 어떻게 될지 몰라요. 원래 앨범은 마음대로 안 돼요."

내 노래가 짜증난다고 노래하던 젊은 천재 뮤지션은 '발표

한 노래는 이제 내 것이 아니다'라고 담담히 얘기하는 거장이 되었다. 그 사이 30여 년의 시간 동안 사는 게 힘들고, 내가 만든 노래가 마음에 안 드는 일이 몇 번쯤 있었을까?

정말, 누구라도 그런 걸까?

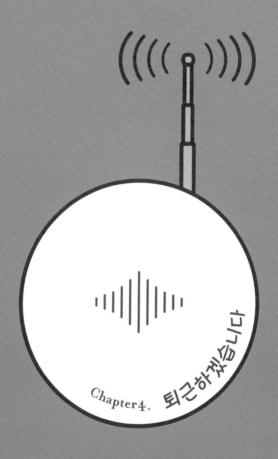

Chapter 4. 퇴근하겠습니다

## 자기 몫의 육아

작년 여름, 남편이 육아휴직을 했다. 우리 집에서 '임금노동'은 내 몫이고 육아와 살림 등 '돌봄노동'은 남편의 담당이 됐다. 근무 패턴 때문에 나는 더욱 극단적으로 육아와 살림에 손을 놓고 있다. 맡고 있는 프로가 심야 음악방송이다 보니 규정된 근무시간이 오후 3시부터 밤 12시까지이다. 퇴근해서 집에 오면 새벽 1시, 당연히 아이들은 자고 있다. 아침에 어린이집에 가기 위해 준비하고 밥 먹는 한두 시간이 하루 중 내가 아이와 함께하는 전부이다. 나는 자식과 대화다운 대화 한번 나누지 못하고 바깥일에 바쁘던 옛 아버지들과 비슷하게 살고 있다.

남편이 휴직을 하기 전에는 조금이라도 더 아이들과 함께 있기 위해 안간힘을 썼었다. 온종일 어린이집에 있다가 저녁 내내 할머니와 놀며 엄마의 퇴근을 기다렸을 아이가 안쓰러워, 피곤하지만 억지로라도 몸을 일으켜 같이 놀아주려 노력했다. 그런데 남편이 휴직을 하고 나니 슬금슬금 마음이 풀어진 것이다. 베이비시터도 아니고 아빠랑 같이 있었으니 괜찮겠지 싶어서 퇴근 후에도 전처럼 기를 쓰고 아이 곁을 지키려

하지는 않게 됐다. 거실에서 아이들이 노는 동안 안방 침대에 누워 있으면 남편이 이야기하는 소리가 들린다. "엄마는 피곤해서 잠을 자야 해. 아빠랑 놀자~" 아이가 서운해하는 게 느껴졌지만 괜찮을 거라고 생각했다. 아빠라는 '믿는 구석'이 생겼기 때문에.

그러다 일이 생겼다. 어린이집 선생님과 정기 상담을 하는 날, 남편과 함께 가서 이런저런 이야기를 나누고 돌아왔는데 이틀 뒤 선생님에게서 전화가 왔다. 따로 만나 얘기할 게 있다고. 긴장되는 마음으로 어린이집에 갔더니 선생님이 하시는 말씀이, 아이가 부쩍 엄마에 대해 부정적인 표현을 많이 한다는 것이었다. "아빠는 우리를 사랑해서 잘 돌봐주시는데 엄마는 늘 바빠요", "어차피 엄마는 바쁘거나 잠을 자야 해서 우리랑 놀아줄 수 없어요." 남편 앞에서 민망할까 봐 일부러 따로 불러 조용히 이야기하시는 선생님의 배려 앞에서, 나는 한없이 작아졌다. 창피하고 미안하고 속상하고 억울한 마음에 울음이 올라오는 걸 간신히 눌렀다. 아마 죽을 때까지 내 인생에서 가장 부끄러웠던 시간, 가장 지우고 싶은 장면 중 하나로 기억될 것 같다.

찬찬히 나를 돌아보니 떠오른 질문은 이것이었다. 가정 내에서 분업이라는 것이 과연 가능한가. 한국 사회에서 자란 많은 사람이 그렇듯, 나 역시 '아빠는 돈을 벌고 엄마는 가정을 돌보는' 형태의 분업에 익숙하다. 그래서 남편이 육아휴직을 한 뒤로는 아이와 시간을 보내지 못하는 것에 죄책감을 덜었던 것이다. 조금이라도 더 아이와 시간을 보내려는 몸부림을 하지 않게 됐다. '임금노동과 돌봄노동 분담' 문법에서 우리 부부는 그저 성 역할이 바뀐 것일 뿐이라고 생각했다. 그런데 누가 무엇을 맡느냐와 상관없이, 그런 식의 분업 자체에 회의감이 든다. 아이와 시간을 보내며 맺어야 하는 '내 몫'의 관계를 남편이 대신해줄 수는 없는 것인데, 이 당연한 사실을 나는 최근에야 깨달았다. 모든 일에는 대가가 따르는 법. 나는 아이와 시간을 보내는 것 대신 다른 일을 선택한 결과를 마주하고 있다. 아이가 나를 가리켜 '어차피 같이 놀 수 없는 사람'이라고 말하는 것이다.

하율이의 유치원 오리엔테이션에 갔을 때, 앞에 서서 진행하시던 선생님은 강당에 모인 부모들을 시종일관 "어머님들~"이라고 불렀다. 둘러보니 스무 명 남짓한 학부모 중 아빠는 셋이었다. 왜 우리는 유치원 오리엔테이션에 참석하는 건 당연히 엄마라고 생각할까. 부부 중 한 명에게 육아와 살림 같은 돌봄노동을 전담시키면서 '나는 돈을 버는 것으로 육아를 하고 있다'고 생각하는 사람과 논쟁할 자신은 없지만, 이건 분명히 말할 수 있다. '자기 몫의 육아'를 하지 않은 대가는 정말로 아프다고. 내가 겪어봐서 안다. "어차피 엄마는 바쁜 사람"이라며 아이가 나를 단념할 때, 울컥 치밀어오르는 감정은 단순한 슬픔이 아니었다. 이렇게 아이와 멀어질지 모른다는 공포, 지나간 시간에 대한 후회와 자책, 내게 이토록 많은 양의 노동을 요구하는 우리 사회의 근로 환경에 대한 분노를 포함한 그 모든 것이었다. '대체 나보고 뭘 어쩌라고! 나는 쉬지도 못해?' 하는 억울함이 없지 않았으나, 내가 억울함을 표해야 할 대상이 아이가 아니라 좀 더 큰 무언가라는 건 금방 알 수 있었다. 이를테면 시스템, 조직, 사회, 구조라 불리는 그 무엇들.

분업을 해야만 가정을 꾸려갈 수 있는, 임금노동을 하면서는 육아와 살림에 참여할 수 없는 근로 환경은 문제가 있다. 우리는 지금보다 덜 일해야 한다. 근로시간이 얼마나 줄어야 한다고 생각하는지 묻는다면, 퇴근을 하고 나서도 개인 생활을 할 수 있는 시간과 체력이 남아 있을 만큼이라고 답하고 싶다. '정치하는 엄마들' 장하나 공동대표와 이야기를 나누던 중 그가 했던 말이 생각난다. "모든 근로자들의 노동시간이 줄어야 해요. 출산한 여자만, 육아 중인 남녀 근로자만 일찍 퇴근하는 건 직장 내 갈등을 유발하고 반감만 더할 뿐이에요. 모두가 일찍 퇴근해서 애를 돌보든 반려견·반려묘를 돌보든, 기타나 드럼을 배우든 각자 하고 싶은 일을 할 수 있어야 해요."

이런 담론에서 "현실적으로 쉽지 않다"고 말하는 사람들은 보통 현실을 잘 알고 있을 만큼 오래 일한 분들이었다. 바로 그분들에게 지금의 체제를 바꿔 갈 책임과 역량이 있다고 얘기하고 싶다. "현실적으로 쉽지 않다"는 건 결론이 될 수 없다. 어떻게든 방법을 찾아야 한다. 인력과 업무의 배치에 대한 고민은 나를 비롯한 기성세대의 몫이다.

# 졸업 노래 듣다가 상념에 빠진 썰

얼마 전 신곡을 소개하는 코너에서 고정 게스트인 배순탁 음악 작가가 윤덕원의 노래 '졸업식이 끝나고'(vocal. 시와)를 가져왔다. 노래 이야기가 2할이면 각종 딴소리가 8할인 코너라 이야기는 금세 옆길로 샜고, 디제이와 게스트는 각자 졸업식이 끝나고 뭘 했었는지 수다를 떨었다. 자장면을 먹었던 게 초등학교 졸업식이었는지 중학교 졸업식이었는지를 더듬거리다가, 대학교 졸업식이 끝나고 가족들과 스테이크를 먹었던 기억은 비교적 선명하게 풀어났다.

이야기를 들으며 나도 졸업식에 관한 기억들을 떠올려봤다. 가장 먼저 생각나는 건 남편의 대학 졸업식이다. 우리가 연애한지 2년쯤 됐을 때였는데, 살벌한 취업난 속에서 일찌감치 은행 입사를 확정 지은 터라 졸업식 내내 유쾌했다. 홀로 아들을 번듯하게 키워낸 어머니께 학사모를 씌워주는 모습은 전형적이었지만 왜 많은 사람들이 해마다 그 장면을 반복해 연출하는지 단박에 이해가 될 만큼 가족들의 표정은 행복해보였다.

내가 대학을 졸업한 건 그 전 해였다. 그런데 아무리 생각해도 내가 부모님께 학사모를 씌워드린 기억이 없다. 졸업식에 가족들이 오지 않았던 것 같고, 심지어 나도 참석했었는지 불분명하다. 아주 희미하게 친구들과 웃던 장면이 드문드문 떠오른다.

고등학교 졸업식을 마치고 동생 둘까지 다섯 식구가 모두 식당에 갔던 기억은 난다. 중학교 졸업식 땐 단상에 올라 상을 탈 때마다 아버지가 나를 카메라에 담으려 무대 곳곳을 성큼성큼 걸어 다녔는데, 어린 마음에 부끄러우면서도 나를 견딜 수 없이 자랑스러워하시는 마음이 느껴져 기뻤던 기억이 선명하다. 초등학교 졸업식에선 다니던 동네 교회 목사님이 축사를 하셨는데, 목사님을 교회가 아닌 학교에서 보는 게 신기하고도 어색했었다. 대학교 졸업식만 기억에 없다. 그러고 보니 그즈음의 기억은 통째로 없다시피 하다. 왜 그런지 안다. 뭘 했어야 기억이 날 텐데, 대학 졸업부터 회사에 입사할 때까지 약 2년 정도 나는 추억에 남을 만한 무언가를 한 적이 거의 없다.

당시 나는 방송국 입사 시험에 연거푸 낙방하면서 극도의 불안과 공포에 시달리고 있었다. 누구는 면접 50번 만에, 누구는 100번 만에 취업했다는 소문이 안개처럼 무겁게 학교를 짓누르는 계절, 닥치는 대로 이력서를 넣어야 겨우 한두 군데 시험 볼 기회를 얻는 마당에 방송 3사 통틀어 한 해에 다섯 명 뽑을까 말까한 라디오 피디직에만 원서를 넣는 나는, 내가 봐도 대책 없는 돈키호테였다. 누가 물으면 언론사 시험을 준비한다는 말이 웅얼웅얼 입에서만 맴돌았다. 라디오 피디가 되든, 포기하고 어디 다른 데 취업하든, 어떻게든 결론이 나야 누구를 만날 수 있을 것 같았다. 마음이 급해서 무엇에도 눈이 가지 않았다. 부모님 집에도 잘 가지 않았는데 졸업식을 챙겼을 리가 없다. 아마 부모님께 오시지 않아도 된다고 말했을 것이다.

미셸 오바마의 책 《비커밍》을 읽다가, 미셸의 아버지가 병석에서 돌아가시기 직전 장면에서 눈물이 터졌다.

> 우리는 아버지의 의식을 도로 불러들이려고 옛 추억을 꺼냈다.
> 그러면 아버지의 눈이 약간 반짝거렸다. '듀스와 쿼터' 기억하세요?
> 그걸 타고 여름에 자동차극장에 갔던 거 기억하세요? 우리가 그
> 널찍한 뒷좌석에서 뒹굴었던 거 기억하세요? 아버지가 우리에게
> 권투 글러브 사줬던 거 기억하세요? 듀크스 해피홀리데이 리조트의
> 수영장 기억하세요? 아버지가 로비 할머니네 오페레타 워크숍에 쓸
> 소도구를 만들어줬던 일은요? 할아버지 집에서 다 함께 저녁 먹던
> 일은요? 엄마가 새해 전야에 새우튀김 만들어줬던 거 기억하세요?
> _미셸 오바마, 《비커밍》, 김명남 옮김, 웅진지식하우스, 2018,
> 194~195쪽.

나와 부모님 사이의 기억을 떠올려보았다. 내가 그들에게 들려줄 수 있는 일들은 뭐가 있을까. 딸들과의 추억도 생각했

다. 내가 만약 죽음을 목전에 뒀다면, 딸들은 내게 무엇을 두고 '그것 기억하세요?'라고 말할까.

10대 시절부터 나는 다른 사람들이 다 하는 '전형적인 일들'이 우습다고 생각했다. 고등학교 땐 수학여행을 가지 않았다. 가난하긴 했지만 그 정도는 아니었는데 그랬다. 별로 재미있어 보이지 않는 단체 행동에 들이는 돈 치고 과하다고, 그러니까 '실용적이지 않다'고 생각했던 것 같다. 현실의 가난을 과장해 나를 '고독한 소녀'로 만들고 싶은 사춘기 특유의 마음도 없었다곤 못하겠고.

어머니가 돌아가시고, 아버지는 사고로 뇌 기능이 많이 떨어지신 지금, 그동안 '전형적인 일들'을 우습게 여기고 건너뛰었던 게 좀 후회된다. 수학여행이나 졸업식, 크리스마스 식사나 설날 세배 같은 '연극적인 행사' 대신 실용을 추구했다고 생각했었는데, 그게 고작 도서관에 하루 더 앉아 상식 문제를 외우는 일이었다. 그런 일은 사랑하는 사람이 임종을 앞뒀을 때 함께 추억할 만한 일이 못 된다.

이번 주 일요일, 여덟 살 딸아이가 피아노 연주회 무대에 선다. 두 곡, 채 5분도 되지 않을 짤막한 시간이고 똥땅똥땅 수준의 연주겠지만 나는 꽃다발을 들고 가서 축하해주고 무대에 접근해 사진도 찍을 생각이다. 친척 집에 놀러 가면 거실에 그 집 딸의 어린 시절, 발레리나처럼 입고 피아노 앞에 앉아 있는 사진이 걸려 있는 경우가 종종 있었다. 역시나 내가 우습다고 생각했던 연극적이고 전형적인 그림 중 하나였는데, 지금도 연극적이고 전형적이라고 생각하지만 우습다고는 생각지 않는다. 돌아가신 엄마께, 그리고 많은 기억을 잃은 아빠께 내가 '그것 기억하세요?'라고 묻고 싶은 추억들 중 상당수가 그런 일들이기 때문이다.

나는 이렇게 방송을 하다가 종종 상념에 빠진다. 듣던 노래 가사에, 게스트가 하는 이야기에, 디제이의 코멘트에. 홀로 상념에 빠지게 만드는 장치로 라디오는 참 전형적이다.

## 그때 그 쑥떡, 오늘 이 쑥버무리

나의 첫 책은 《처음부터 엄마는 아니었어》이지만, 사실 그보다 먼저 책으로 쓰고 싶었던 이야기가 있었다. 엄마한테 배우는 요리책. 한 달에 한 번 정도 아이들을 데리고 청주에 있는 엄마 집에 다녀오곤 했는데, 그때마다 요리법을 하나씩 전수받아 그걸 책으로 엮으면 어떨까 생각했었다. 한 달에 한 가지씩만 두세 해쯤 배우면 봄나물 무치는 법부터 시래깃국 끓이는 법까지 계절별로 리스트가 완성될 터. 레시피와 함께 그 요리에 얽힌 어린 시절 이야기들을 적어보면 재미있을 것 같았다. 쓸데없이 비싼 카메라를 샀다고 구박받는 남편더러 사진 좀 찍으라고 하고.

긴 자취생활에도, 신혼 때도 해본 적이 없던 '요리를 배우고 싶다'는 생각이 아이를 낳고서 들기 시작했다. 아이에게 어린 시절 내가 먹던 음식들을 먹이고 싶었기 때문이다. 생선구이나 닭볶음탕, 찌개류 같은 일품요리들은 인터넷 검색으로 어찌어찌 흉내내보겠는데, 밥상 위에 늘 있던 반찬들, 깻잎절임이나 나물, 쥐포채 같은 것들은 잘 되지가 않았다. '밑반찬'이라 불리던 것들, 찌개나 생선구이 같은 메인 요리 주변에 배경처럼 펼쳐져 있던 그 슴슴한 일상의 맛을 내 식탁에도 재현하고 싶었다. 고기만 먹지 말고 이런 것들도 먹어야 한다고 달래면서 아이 입에 갖가지 채소들을 넣어주고 싶었다. 나중에 하율이도 나처럼 '어릴 땐 가지무침을 참 싫어했는데 나이 드나 봐, 이런 게 맛있네' 얘기했으면 했다. 그래서, 그래서 배우고 싶었다. 냉이된장국, 미역줄기볶음, 오이냉국, 고춧잎무침, 무말랭이무침, 이런 음식들. 모양내는 것 말고 '그 맛' 내는 법을, 정말 배우고 싶었다.

'떠나는 아내의 밥상을 차리는 남편의 부엌일기'라는 부제가 붙은 책 《오늘은 좀 매울지도 몰라》를 읽는데, 내가 상상만 하던 그 요리책이 떠올랐다. 엄마가 떠나시리라는 걸 미리 알았더라면 나도 쓸 수 있었을까? 음식과 관련된 그리움은 얼마나 서러운가. 엄마 돌아가시고, 마지막 김치 통이 비어가는 걸 부여잡고 엉엉 울었다. 이 세상에서 한 사람이 어떻게 사라져가는지를 보는 것 같아서.

얼마 전 경남 거창 일대로 여행을 다녀왔다. 한적한 시골에 머물다 오고 싶은 마음에 에어비앤비에서 저렴한 숙소를 검색해 즉흥적으로 떠났는데, 가보니 덕유산 자락 아래였다. 동네 주변을 어슬렁거리는데 산동네라 풀이 많았다. 아이들이랑 쪼그리고 앉아 휴대폰 어플을 켜고 이건 무슨 꽃이네, 이 풀은 이름이 뭐네 하며 한참 놀다가 쑥을 발견했다. "하율아 이게 쑥

이야. 이걸로 떡도 해 먹고, 튀김도 해 먹고, 국도 끓여 먹는 거야. 엄마가 어릴 때 쑥 캐러 많이 다녔어." 정신을 차려보니 내 손에 쑥이 한 줌이었다. 아이도 신나서 쑥을 뜯어 건네주었다. "엄마, 여기! 나 쑥 많이 뽑았지?" 숙소에 돌아와 봉지에 쑥을 옮겨 담는데 뒤늦게 난감함이 밀려왔다. 어쩌자고 이렇게 많이 뜯었을까. 차마 버릴 수 없어서 꾸역꾸역 서울까지 가져왔다.

'쑥'이라는 이름의 골칫덩이를 냉장고 야채실에 넣어둔 채로 일주일을 보냈다. 깜빡 잊어버리고 한 달쯤 지나서 음식쓰레기로 버리게 되길 내심 바랐는데 이상하게 잊히지가 않았다. '저기 쑥이 있다'는 사실이 계속 의식되었다. 결국 하루 날을 잡고 쑥을 꺼내놓았다. 목표는 쑥버무리와 쑥튀김.

우선 잘 씻어야겠지. 쑥을 씻는 건 태어나 처음이다. 흐르는 물에 갖다 대니 마치 코팅이라도 된 것처럼 잎에 물이 스미지 않고 흘러내리는 게 신기하다. 예전에 강다솜 아나운서랑 방송을 할 때, 그녀가 〈찾아라 맛있는 TV〉라는 프로그램을 녹화하고 와서는 이런 얘기를 한 적이 있다. "선배! 선배도 혹시 양배추 씻는 법 알고 있었어요?" 양희은 선생님과 함께 촬영을 했는데, 거기서 양배추를 씻는 심부름을 해야 했던 모양이다. 양배추 한 통을 받아들고 수돗가에서 이걸 어떻게 씻어야 하나 난감해서 놀림을 좀 받았단다. 그녀가 눈을 동그랗게 뜨고 물었다. "선배도 알고 있었어요? 양배추 낱장을 하나하나

뜯어야 하나 말아야 하나, 한참 고민했잖아요~." 쑥을 씻으며, 그때 다솜이의 표정이 떠올라 웃음이 났다. 뿌리가 딸려온 것들을 잘라내고 한 잎 한 잎 꼼꼼히 씻는데 시간이 꽤 걸린다. 어릴 때 엄마가 하던 모습을 생각해보면 상추건 나물이건 금방금방 씻었던 것 같은데, 그 바빴던 엄마가 채소 잎사귀를 한 장 한 장 꼼꼼히 씻었을까 뒤늦게 의심스럽다. 한 줌씩 대충 씻어도 깨끗이 만드는 엄마만의 비법이 있었던 거라고 믿어야지.

　재료 준비를 대충 마무리하고 하율이와 하린이를 식탁으로 불렀다. 신나게 뛰어와 팔을 걷어붙이는 모습이 귀엽기도 하고 두렵기도 하다. 쌀가루를 채에 거르고, 소금 설탕 넣어 뒤섞고, 쑥잎을 넣어 버무린 후 찜기를 가스 불에 올렸다. 어느 정도 시간이 지났다 싶어 조심스레 뚜껑을 열어봤는데…….

　망했다. 아랫부분은 쑥과 쌀가루가 죽처럼 찐득하고 윗부분은 구슬 알갱이처럼 제멋대로 굴러다닌다. 내 잘못은 아니다. 원래 이런 요리들이 있다. 레시피대로 해도 이상하게 잘 안 되는 요리들. 파스타나 볶음우동 같은 건 요리책을 따라하면 그럴듯하게 되는데 홍합미역국, 고사리무침 같은 것들은 기어이 망쳐서 엄마에게 전화로 물어보곤 했었다. 비슷한 예로 계란찜이 있다. 계란말이는 어떻게든 되지만 계란찜은 레시피대로 한다고 되는 요리가 아니다. 쑥버무리도 그런 종류의 음식이었을 뿐이다. 쑥튀김이 제대로 맛나게 완성된 것이 그 증거다.

아이들이 손도 대지 않는 쑥버무리를 남편과 나눠 먹으며, 어릴 적 동네에서 쑥을 캐던 이야기를 했다. 그냥 시골도 아니고 심한 시골에서 자랐기에 가능한 경험담이다. 한 봉지씩 쑥을 뜯어다주면서 엄마에게 쑥떡을 만들어달라고 했던 기억이 난다. 왜 이렇게 많이 뜯어왔느냐며 활짝 웃던 엄마 얼굴과 함께. 그러곤 쑥떡이 나타날 때까지 몇 번이고 '언제쯤 되느냐'고 묻곤 했었다. 며칠, 몇 주쯤 지나면 엄마는 할아버지 할머니에게 "수연이가 뜯어온 쑥으로 만든 거예요"라고 말씀하시며 쑥떡을 내오셨는데…… 엉망진창 쑥버무리를 먹으면서 문득 궁금해졌다. 그때 그 쑥떡은 정말 내가 뜯어온 쑥으로 만든 것이었을까. 내가 뜯은 게 정말 쑥이 맞을까. 만약 쑥이 아니었다면, 혹은 떡을 만들기에 양이 너무 적었거나 상태가 별로였다면 엄마는 따로 쑥을 캐러 나가셨을까.

정말 순수하게 궁금해서, 불쑥 전화해서 물어볼 뻔했다. 그때 내가 캔 거, 진짜 쑥이었냐고. 그때 그 떡, 진짜 내가 캐 온 쑥으로 만들었느냐고. 그냥 그것만 좀 확인하겠다고 하면 하나님도 은근슬쩍 눈감아주지 않을까, 얼른 그것만 확인하고 끊겠다고 하면 통화 한 번쯤은 할 수 있지 않을까 하는 상상도 잠깐 해보았다.

## '하필 지금' 오는 일

MBC 라디오의 2018년 봄 개편은 노조가 파업을 끝내고 업무에 복귀한 이후 처음으로 단행하는 대규모 정기 개편이었다. 많은 프로그램이 변화를 맞았다. 내가 맡은 프로그램도 진행자를 바꾸고 시간대를 옮겨 새롭게 출발했다. 잘, 정말 잘 해야 하는 타이밍이었다. 여러모로 그랬다. 오래 고민해서 디제이를 섭외하고 스태프를 꾸렸다. 느낌이 나쁘지 않았다. 부장의 지원은 적극적이었고 작가진과 호흡도 잘 맞았다. 디제이는 성품이 좋고 스마트해서 금방 실력이 늘 것 같았고 게스트 섭외도, 코너 구성도 만족스러웠다. 경주용 자동차가 시원하게 시동을 건 느낌, 액셀레이터에 발을 올려두고 언제쯤 힘주어 밟을까 감질나게 기다리는 기분. 오랜만에 일하는 게 재미있었다. 첫 방송 날엔 설레기까지 했다. 세상에, 설렘이라니. 이게 얼마 만에 찾아온 감정인지 까마득했다.

암 진단을 받은 건 그즈음이었다.

MBC 노동조합에 '성평등위원회'라는 기구가 만들어질 즈음이기도 했다. 평소 관심 두던 분야여서 간사로 일하라는 제안을 받았을 때 마다하지 않았다. 회사 내의 성평등한 업무 환경이랄지 일·가정 양립을 위한 사내 제도 마련이랄지, 이런 어렵고도 재미난 주제를 두고 유능하고 매력적인 동료들과 머리를 맞대는 일은 참 즐거웠다. 때때로 대화는 우리의 업무(사측과의 협상 전략 세우기?)와 관계없이 우리가 꿈꾸는 이상향을 늘어놓는 것으로 흘렀는데 그건 또 그것대로 재미있었다. 회사 내 부서별로 간사와 위원을 뽑고(라기보단 협박과 읍소로 섭외하고) 언제쯤 다 같이 모여 식사하며 이야기 나누자고 계획을 세웠다. 그 첫 모임을 치르기도 전이었다.

경향신문 임아영 기자, '정치하는 엄마들' 장하나 공동대표와 함께 만들던 팟캐스트 〈쓰리맘쇼〉가 열 번째 회차를 넘어가던 즈음이었고, 육아 전문 잡지 〈베스트 베이비〉에 연재 중이던 칼럼을 두 회 남겨둔 때였다. 출판사 두어 곳의 출간 제의와 몇몇 북토크 의뢰를 받고, 바쁜 스케줄과 바닥난 체력을 가늠하며 해야 하나 말아야 하나를 고민하고 있었다. 그럴 때, 의사로부터 갑상선암 수술을 해야 한다는 이야기를 들었다. 진단을 받고나서 수술을 마칠 때까지 진득하게 나를 따라다닌 감정은 '짜증'이었다. 아, 귀찮게 됐네, 한참 재미있는데, 이제 막 탄력 붙었는데 웬 암? 웬 수술? 웬 휴가? 왜 하필 지금? 수술하고 일주일 만에 출근하려던 애초의 계획은 이런 마음에서 비롯된 것이었다. 암 초기여서 한쪽 갑상선만 떼어내면 되었고, 수술 후 사나흘이면 일상생활이 가능하다고 했다. 설명하는 간호사도 말만 암 수술이지 맹장 수술과 다를 것 없는 것처럼 대수롭지 않게 대했다. 마침 프로그램의 디제이가 일본 스케줄이 있어서 딱 일주일 자리를 비울 예정이었다. 어차피 그때 제작진 모두 휴가를 다녀올 예정이었는데 나는 그때 수술을 잡으면 되겠다 싶었다.

그건 아닌 것 같다는 남편의 말에 직관적으로 수긍했다. 후회할 거라는 예감이 강렬했다. 결국 부장님께 사정을 말하고 남은 휴가를 탈탈 털어 신청했다. 한 달 동안 자리를 비워야 하니 정리할 게 꽤 많았다. 오지랖 넓게 펼쳐놨던 일들을 하나하나 접었다. 출간 제의와 북토크 제안에 죄송하다는 거절 메일을 보내고, 2회분의 칼럼을 한꺼번에 써서 담당자에게 보냈다. 팟캐스트 마지막 녹음을 했다. 성평등위원회 간사 일을 할 수 없을 것 같다고 말했다. 마지막으로, 담당 프로그램 디제이에게 건강 문제로 한 달쯤 자리를 비울 거라고, 그동안 부장님이 대신 연출을 맡아주실 거라고 이야기했다.

'더는 이 일을 할 수 없다'는 말을 반복하는 동안, 몸이 아프다는 말의 뜻을 깨달았다. 유사 죽음 체험 같기도 했다. 하던 일을 하나하나 접는 과정은 자연스럽게 죽음을 연상케 했다. 산다는 게 뭘까, 죽음은 어떻게 올까 많이 생각했다. 죽음이 꼭 이렇게 올 것 같았기 때문이다. 한창 재미있을 때, 막 뭐 좀 해보려고 할 때, 이제 겨우 할 만하다 싶을 때. 죽음이 몇 살에 오든, 쉰이든 예순이든 아흔이든 그렇게 생각할 것이다. 이제 막 딸 시집보내려고 하는데, 이제 겨우 손주 봤는데, 이제서야 은퇴하고 하고 싶은 일 좀 해보려는데 죽음이라니…… 옆에서 겪은 죽음들도 그랬다. 몇 년만 더 있으면 취직해서 용돈 드릴 수 있을 것 같은데 할아버지 할머니가 돌아가셨고, 이제 겨우 둘째가 걸음마를 시작하는데, 아직 재밌을 날 한참 많은데 엄마가 돌아가셨다. 가까운 사이일수록 죽음은 갑작스러웠다. 나는 '하필 이때' 암 판정을 받은 게 아니었다. 언제 찾아와도 "적당할 때 왔네" 할 수 없는 일이다. 죽음도 그럴 것이다. 전혀 적절하지 않은 타이밍에 갑자기 올 것이다. 이를테면 '지금' 같은 때.

남편이 편지를 써주었다.

**인생은 이어지는 것일까? 어제 했던 것들이 잠든 시간 동안 나를 기다렸다가 다시 일어났을 때 어제 중단했던 그 지점에서부터 다시 이어갈 수 있는 것일까. 나는 어떤 근거로 그렇게 내일 다시 일어날 것을 확신하면서 잠에 들고 아침에 일어나서 아무 의심 없이 다시 시작하는 것일까. 방금까지 분명히 손에 쥐고 있었는데 빈손임을 확인한 지금, 삶은 너무나 당혹스러워. 믿고 있던 것들이 사실은 아무것도 아닐 수 있음을, 혹은 그냥 주어진 것이었음을 잊었던 것 같아.**

\\\

믿고 있던 것들이
사실은 아무것도 아닐 수 있음을,
그냥 주어진 것이었음을
잊고 지낸 건 아닐까.

이번에는 운 좋게도 어젯밤 멈춘 그 지점에서 다시 시작할 수 있었다. 한 달의 휴가를 마치고 돌아와 보니 내 자리, 동료들, 프로그램 모두 그대로였다. 건강은 전과 다를 바 없고 아이들과 남편도 똑같다. 그러나 다음에도 이렇게 같은 아침을 맞이하리라는 보장이 없다. 어젯밤까지 쥐고 있던 일들이 사라진 아침, 빈손을 내려다보며 삶이 끝났음을, 최소한 달라졌음을 인정해야 할 수도 있다. 그런 날이 올지 모른다. 아니, 반드시 올 것이다. 누구에게나 올 것이다.

## 청춘의 끝

청춘은 언제 끝날까. 암 진단을 받던 날, 그런 생각이 들었다. 죽음이 의식된다면, 건강이 신경 쓰여 몸을 사리게 된다면 그때가 젊음의 끝 아닐까. 수술 날짜를 잡고 남편과 나는 점심 먹을 곳을 찾아 세브란스병원에서 이대까지 걸었다. 여기서 데이트하던 추억을 한담처럼 나누며 10년 전의 우리 같은 청춘 남녀들을 헤치고 샤브샤브집에 들어가 앉으니 문득 벽에 붙어 있는 생맥주 사진이 눈에 들어왔다. "한잔할까?" 농담을 던졌지만 그다지 당기지는 않았다. 3주 전 조직검사를 한 이후로 담배도 끊은 참이었다. 아마도 이제부터 나는 담배를 피우지 않을 것이다. 술도 자제할 확률이 높다. 비교적 완치율이 높아 '착한 암'이라 불리는 갑상선암이지만, 재발이나 전이의 위험을 의식하지 않을 수는 없으니까. 흰 거품이 찰랑이는 맥주잔 사진을 앞에 두고 나는 앞으로 내가 죽을 때까지 건강을 신경 쓰며 살아가게 되었음을 깨달았다. 죽을까 봐. 어린 딸들을 남겨두고 죽을까 봐 무서워서 술·담배 끊고, 몸에 좋은 것을 챙겨 먹으며 살게 될 것이다.

몸이 이기지 못할 정도로 격렬하게 술을 마셔대던 날들이 떠올랐다. 카페인 음료를 마셔가며 밤늦게까지 공부나 일을 하던 날들도. 마음껏 건강을 탕진하며 살던 순간들을 떠올리며, 이제 다시는 내게 그런 시간은 오지 않겠구나 생각했다. 죽을 때까지 두 번 다시는 그렇게, 그런 식으로는 살 수 없겠구나. 그때는 죽음을 의식하려 해도 할 수가 없었다. 그랬기에 '무리'가 가능했다. 젊다는 건 그런 것 같다. 그러니 내 젊음은 서른여섯 봄에 마무리되고 있는 것이다. 누군가 내게 청춘이 언제 끝나는 줄 아느냐고 묻는다면 더 이상 탕진할 수 없을 때 끝난다고, 죽음이 의식되어 도저히 그럴 수 없을 때가 청춘의 끝이라고 대답하리라.

의사는 모니터를 통해 세포검사 결과를 보더니 이렇게 말했다. "치료가 좀 필요하겠네요. 갑상선암입니다. 크기는 1센티 정도로 크지 않고요, 수술을 통해 제거하면 됩니다." 참 좋은 의사를 만났다 생각했다. 암이라는 사실을 통보하는 긴장되는 순간에 '치료가 필요하겠네요'라는 표현을 구사하는 섬세한 의사를 만나는 행운이 내게도 오는구나. 이후 치료를 마치는 순간까지 내내 그런 태도를 보이셔서 지금도 감사하게 생각한다. 의사가 워낙 담담하게 이야기해서인지 그다지 드라마틱한 감정의 파고를 겪진 않았다. 물론 상대적으로 가벼운 증상이고 간단한 수술이기 때문이기도 하다.

일주일 넘게 프로그램 녹음이 예정되어 있었다(라디오는 디제이의 스케줄에 따라 미리 생방/녹음 일정을 짜둔다). 처음엔 수술을 하고 바로 업무에 복귀할 생각이었다. 남편을 제외한 누구도 내가 수술을 했다는 사실을 몰랐으면 했다. 아무도 모르게 이 '사태'가 지나갔으면 했다. 평소와 똑같이 야근하고 회식에 참석했다. 나중에 생각해보았다. 내가 왜 그랬을까. 몇 개월이라도 회사 쉴 생각을 해야 정상인 것 같은데 어째서 아무 일도 없다는 듯 넘어갈 작정이었던 걸까. 아마도 그렇게 하면 진짜 아무 일도 없던 게 될 것 같았나보다. '암 수술'같은 무거운 단어가 내 인생에 들어온 걸 인정하고 싶지 않았던 것 같다. 그만큼 내 마음의 지축이 흔들렸다는 뜻일 게다, 역설적으로.

남은 휴가를 그러모으니 쉴 수 있는 기간이 꼭 한 달이었다. 오늘이 그 한 달의 마지막 밤이다. 쉬는 동안 앞으로 어떻게 살아야 할까 많이 생각했다. 어떤 삶이 좋은 삶일까, 어떻게 살아야 후회가 없을까. 수술 전, 나는 이제 '죽음의 가능성'을 품고 사는 몸이 되었다, 라고 메모장에 적었다. 지금은 그때처럼 그렇게 비장하진 않다. 수술은 잘 되었고, 의사는 '완치되었습니다'라고 말했다. 몇 년 뒤엔 약을 끊을 수도 있다고 한다. 여행지에선 용기 내서 맥주도 한 캔 마셨다. 사실 죽음의 가능성을 품지 않고 사는 사람이 어디 있을까. 다만 그 가능성에 대해 자각해본 경험이 있느냐 없느냐가 삶의 태도를 바꾸는 것 아닐까. '사람은 누구나 죽는다'와 '나는 죽는다' 사이, '언젠가 죽는다'와 '언제 죽을지 모른다' 사이에는 큰 간극이 있다. 그리고 젊을 땐 이쪽은 잘 보이지 않는다. 암이라도 걸리면 모를까.

휴가의 마지막 밤, 앞으로 지켜가고 싶은 삶의 원칙들을 적어본다.

1. 운동을 한다. 주 3회 이상 운동을 한다는 게 모든 일정에 앞서는 대전제다.

2. 그러기 위해, 12시 전에 잔다. 가능하면 빨리 퇴근하고, 밤에 커피를 마시지 않는다.

3. 일주일에 하루 일찍 퇴근해서 아이들과 같이 저녁을 먹는다. 업무 스케줄을 좀 더 치밀하게, 작전을 잘 세울 것.

4. 매년 발생하는 모든 휴가를 소진한다. 1년에 2~3주는 여행을 한다.

5. 꼭 필요한 일, 방송·육아 외의 일들을 수락하는 데 엄격할 것. 가능한 거절한다.

## 결과로서의 현재, 원인으로서의 현재

수술을 위한 긴 휴가에 들어가기 전, 많은 사람들로부터 위로와 응원을 받았다. 소식을 들은 지인들이 문자나 전화로, 혹은 직접 찾아와 손을 잡아주었다. 가장 많이 들은 위로의 말은 이것이었다. "그동안 너무 열심히 일했나 봐. 무리해서 그런 거야. 이참에 푹 쉬고 와." 몸이 아픈 사람들은 예민하다. 나도 느닷없는 암 선고에 예민해져 있었던 것 같다. 그러니까 내가 지금 하려는 이야기는 전적으로 당시의 내 예민한 상태, 비뚤어진 마음 때문이다. 그들의 잘못이 아니다.

나는 그 말이 참 듣기 싫었다. 그동안 무리했기 때문에 몸이 아프게 된 거라는 말.

내게 그 말을 했던 지인들이 이 글을 볼지 모르기 때문에 한 번 더 강조하고 싶다. 나를 위로하고자 했던 그 마음에 참 고마웠다. 다만 그때의 내가 어떤 말에도 상처받을 준비가 되어 있었을 뿐이다. 그동안 내가 열심히 살았음을 인정해주고 격려

하려는 의도였음을 너무 잘 안다. 그러나 그 말은 내게 이런 생각을 하게 했다.

나는 왜 암에 걸렸을까. 뭘 잘못했던 걸까. 너무 무리해서? 지나치게 많은 일을 해서? 그렇다면 내가 했던 일들 중 어떤 걸 하지 말았어야 했을까?

맡고 있는 프로그램 연출을 좀 살살했어야 했나?

피곤해도 아이들과 놀아주려고 아침에 억지로 일어난 게 잘못이었을까? 그냥 늦잠을 좀 잤어야 했나?

출근 시간보다 두세 시간 일찍 회사에 와 팟캐스트를 제작한 게 오버였나?

노조 일을 맡는 건 오지랖이었나?

북토크나 강연 같은 외부 일정이 욕심이었나?

내가 하지 말았어야 하는 일이 이 중 무엇인지 되짚어보았다. 그 일들을 하기로 마음먹었던 순간들을 떠올려보았지만, 아무리 그때로 돌아간다 해도 그 일들을 하지 않을 자신이 없었다. 내가 뭘 잘못한 것인지, 암에 걸린 이유가 무엇인지 생각하는 일은 나를 너무 우울하게 했다. '이 중 뭘 포기할 테냐' 묻는 불가능한 선택의 궁지에 몰린 기분이었다. 내가 했던 어떤 행동들 때문에 암에 걸렸다는 생각은 하고 싶지 않았다. 그래서 "너무 무리했나 봐"라는 말을 들을 때 마음 깊은 곳에서 억울함과 반발심이 뾰족 돋아났다.

검색창에서 갑상선암에 대해 찾아보면 '대부분의 경우 특별한 원인을 모른다'고 나온다. 방사능에 과량 노출된 경우나 유전적 요인이 원인이 된다는데, 여기에 해당되지 않는 환자가 훨씬 많다. 나 역시 마찬가지고. 의사에게 물어봐도 대답은 같았다. '원인은 명확하지 않은데, 다만 한국의 젊은 여성들의 발병률이 유의미하게 높아서 역학조사가 필요한 건 분명하다'고 말했다. 원인을 모른다는 의사의 단언에 안도감이 들었다. 무리해서 암에 걸린 게 아니래. 내가 잘못 살아서가 아니래. 왜 이렇게 된 건지 아무도 모른대.

그러나, 무리해서 암에 걸린 건 아닐지도 모르지만, 암에 걸렸기 때문에 무리하면 안 되는 건 맞다. 조금씩 생각이 정리되는 것 같았다. 암은, 결과가 아니라 원인이었다. 내가 지금까지 살아온 삶의 결과로 암이 찾아온 게 아니라, 앞으로 살아갈 내 삶의 방식의 원인이 암인 것이다. 암 수술 전력이 있기 때문에 이제부터는 건강한 식습관을 유지하고, 운동하고, 무리하지 말아야 한다. 갑상선암의 원인을 모르듯 입증된 재발 방지법 또한 없지만, 일반 사람보다 죽음에 좀 더 가까이 있다는 생각으로 삶을 대해야 한다. 그렇게 살아야 할 이유가 생겼다.

따지고 보면 인생은 이유가 분명치 않은 일투성이다. 아무리 공부해도 수학 성적이 오르지 않아 괴롭던 학창 시절, 내게 돌아온 성적표를 그동안 내가 투입한 노력의 '결과' 혹은 '대가'라고 받아들이기가 너무 힘들었던 걸 기억한다. 이제야 알겠다. 그건 결과가 아니라 원인이었다. 내가 뭘 잘못해서 그런 성적표를 받은 게 아니라, 내가 수학을 못 하는 머리를 타고났음을 알려주는, 그러니까 앞으로 다른 과목보다 더 많이 공부해야 할 이유를 보여주는 것이었다. 가난, 취업 실패, 질병, 관계의 깨짐 등등 여러 불행에 대해 나는 은연중에 그것이 그동안 살아온 삶의 결과라고 생각했던 것 같다. 결과일 수도 있다. 그러나 아닐 수도 있다. 그런데 결과라고 한들 어쩌겠는가. 그보다는 원인이라고 생각하는 쪽이 훨씬 유용하지 않은가. 앞으로 내가 해야 할 일, 살아야 할 삶의 원인이라고 생각하는 게 생산적이다. '자, 이렇게 됐으니, 이런 이유가 생겼으니 이제부터는 다르게 살아야겠군!' 하고 말이다.

원인과 결과가 선명한 세계를 살았던 적이 있다. 지금 내가 발 딛고 선 곳이 그동안 살아온 결과라고 생각했다니, 얼마나 교만한지, 얼마나 가혹한 사고방식인지!


얼마 전 방송에서 오은 시인이 임경섭 시인의 시 〈처음의 맛〉을 소개한 적이 있다.


**해가 지는 곳에서**
**해가 지고 있었다**


**나무가 움직이는 곳에서**
**바람이 불어오고 있었다**

\\\

엄마가 담근 김치의 맛이 기억나지 않는 것에 대해
형이 슬퍼한 밤이었다


김치는 써는 소리마저 모두 다를 수밖에 없다고
형이 말했지만
나는 도무지 그것들을 구별할 수 없는 밤이었다


창문이 있는 곳에서
어둠이 새어나오고 있었다


달이 떠 있어야 할 곳엔
이미 구름이 한창이었다


모두가 돌아오는 곳에서
모두가 돌아오진 않았다


_임경섭,《우리는 살지도 않고 죽지도 않는다》, 창비, 2018, 48~49쪽.


시를 낭독한 후 오은 시인은 말했다. "이 시의 앞부분은 인과관계가 분명합니다. 해가 지는 곳에서 해가 지고, 바람이 부니까 나무가 움직이고, 창이 있으니 어둠이 새어나오죠. 그러나 마지막 연에서는 '모두가 돌아오는 곳에서 모두가 돌아오진 않'습니다. 어떤 것은 우리가 아무리 애쓰고 기다려도 이루

인과관계가 자주 어긋나는 인생의 면모에 대해 생각한다.
인생은 이유가 분명치 않은 일투성이다.
내가 지금까지 살아온 삶의 결과로 암이 찾아온 게 아니라,
앞으로 살아갈 내 삶의 방식의 원인이 암인 것이다.

나에게도 다른 사람에게도 더 너그러워지겠다고 다짐한다.
너의 지금은 네 과거의 결과라고 말하는 대신,
현재가 원인이 되어 너의 미래가 달라지길 바란다고
말하겠다고 마음먹는다.

어지지 않는다는 걸 보여주는 것 같습니다. 세월호 생각이 났어요. 우리가 기억해야 할 일들이 생각났어요."

아무리 애쓰고 기다려도 오지 않는, 인과관계가 자주 어긋나는 인생의 면모에 대해 생각한다. 나에게도 다른 사람에게도 더 너그러워지겠다고 다짐한다. 너의 지금은 네 과거의 결과라고 말하는 대신, 현재가 원인이 되어 너의 미래가 달라지길 바란다고 말하겠다고 마음먹는다.

한번 일에 재미를 붙이면, 일에 몰입해 푹 빠져 사는 생활도 나름 즐겁다. 땀과 애정과 시간을 쏟아 성취를 이루고, 사람들의 인정을 받고, 나와 내 일이 동시에 성장하는 기쁨을 누리고, 함께 땀 흘린 동료들과 우정이 깊어가는 시간들에는 단순히 '회사 생활'이라는 말로 표현하기 부족한 희열이 있다. 이 궤도에 올라타면 워커홀릭이라 불리기 십상이다. 시키지 않은 야근을 하고, 퇴근 후의 일상도 일과 연결 짓는다. 일이 잘 풀리지 않을 땐 괴로워하며 주변 사람들에게 투덜대면서도, 일을 내려놓지 않는다. 나와 일이 분리되지 않는다. 내 삶에서, 내 자아에서 직업이 아닌 부분의 비율이 거의 사라져버린다.

성정이 단순한 나는 이렇게 일에 몰두하는 생활이 편했다. 술도 회사 사람들과 마시는 게 제일 재미있을 정도였다. 위기가 찾아온 건 아이를 낳고 일과 생활에 균형을 맞춰야만 하는 상황에 직면하고서였다. '회사 일과 육아를 동시에 해야 해서 힘들다'는 차원의 얘기가 아니다. 빨리 퇴근해서 아이와 놀고 싶은데 일이 많아 어쩔 수 없이 야근을 하는 게 아니었다. 다른

\\\

걸 미뤄두고 일에만 집중하는 게 오히려 달콤했다. 일과 휴식과 육아에 적절히 시간을 배분하는 것, 일을 살피는 만큼 나와 가족을 살피는 균형감이 훨씬 어려웠다. 회사 일이 아닌 내 삶의 다른 영역들을 자꾸만 외주화했다. 그게 충분히 가능하고, 그 편이 오히려 당장은 편하고 안정적이라는 걸 깨달았을 때 마음 한구석에서 강력한 경보음이 울렸다. 뭔가 잘못됐다고 본능적으로 느꼈다.

톨스토이의 소설 《이반 일리치의 죽음》을 읽으며 그 '뭔가'가 뭐였는지 어렴풋이 알게 됐다. 성공한 법관, 교양 있는 상류층의 일원으로 살던 이반 일리치가 돌연 병으로 죽는 이야기. 120페이지 남짓한 이 짤막한 소설은 진정한 삶이 무엇인지에 대해서, 어떻게 죽어야 하는지에 대해서, 결혼 생활과 인간관계에 대해서 곱씹어 생각하게 했다. 《철학자 김진영의 전복적 소설 읽기》라는 책은 이 소설을 세 관점에서 풀이한다. 당대 부르주아들의 거짓 삶에 대한 비판, 죽음의 권리 문제, 기독교 윤리 문제. 나에게 깊은 고민을 안겨준 건 첫 번째 '거짓 삶'에 관한 부분, 그중에서도 삶에 관한 고민을 회피하고 일로 도망치는 이반 일리치의 모습이었다.

이반 일리치는 똑똑하고, 생기가 넘치고, 대하기에 기분 좋고, 예의가 바른 사람이다. 착실히 근무하면서 차근차근 경력을 쌓아올리는 동시에 유쾌하고 품위 있는 삶을 즐겼다. 자신보다 직위가 높든 낮든 모든 사람들에게 똑같이 예의를 갖춰 대하고, 자신에게 주어진 임무를 용의주도하고 청렴결백하게 수행했다. 흠잡을 데 없는 삶인데, 그는 죽음 앞에서 허망함과 고독에 몸부림친다.

'혹시 내가 잘못 산 것은 아닐까?' 그는 갑자기 이런 생각이 들었다. '하지만 당연히 해야 할 일들을 하면서 살았을 뿐인데 어떻게 잘못 살 수가 있지?'

_레프 톨스토이, 《이반 일리치의 죽음》, 박은정 옮김, 펭귄클래식코리아, 2009, 131쪽.

어떻게 잘못 살 수가 있었을까? 대체 그는 뭘 놓친 걸까?

'거짓 삶'이라는 게 구체적으로 무얼 의미하는지, 나는 이반 일리치의 결혼 생활을 묘사한 부분에서 찾았다. 그는 귀족 가문의 젊고 예쁜 아가씨 프라스코비야 표도로브나와 결혼하는데, 행복하고 만족스러운 신혼 뒤 아이가 태어나면서 '결혼 생활이 자신의 기분 좋고 고상한 삶을 파괴하는 것이라는 사실'을 깨닫는다.

아내는 아이를 출산하는 일에서부터 몇 번을 시도해도 마음처럼 되지 않는 아이에게 젖을 먹이는 일이며, 아이와 산모가 실제로 아프거나 아니면 아픈 것처럼 보이는 경우에 이르기까지, 모든 과정에 남편이 관심을 기울이고 함께 참여해줄 것을 요구했다. 하지만 그는 이런 일에는 도무지 소질이 없었을 뿐더러 그것을 좀처럼 이해하기도 힘들었다. 그럴수록 이반 일리치는 가정

\\\

밖에서 자신만의 세계를 만들어야겠다는 생각을 더욱 굳히게
되었다. 아내가 신경질적으로 나오고 까탈을 부리면 부릴수록 이반
일리치는 점점 더 인생의 무게중심을 자신의 일 쪽에 두기 시작했다.
그는 전보다 더 일에 빠져 지내는 날이 많아졌고 명예욕도 전보다 더
강해졌다 (…) 그가 누리는 삶의 재미는 온통 일의 세계에 집중되어
있었고, 마침내 이 재미가 그를 통째로 삼켜버렸다 (…) 이반 일리치의
삶은 전반적으로 '인생이란 으레 즐겁고 고상해야 한다.'는 자신의
소신대로 그렇게 평탄하게 흘러갔다.

_같은 책, 56~60쪽.


거짓 삶이란 다름 아닌 일하는 재미에 통째로 삼켜지는 삶
이었다.《이반 일리치의 죽음》은 육아와 살림을 내팽개치고 집
밖으로만 나돌던 워커홀릭 남자가 죽음 앞에서 허망해하는 소
설인 것이다! 책에는 '자신만의 독립된 일의 세계로 도피해 그
속에서 즐거움을 찾았다'는 표현도 나온다. 나는 이게 무슨 말
인지 정확히 알고 있다. 왜냐하면 내가 그런 적이 있고, 지금도
종종 그러고 싶은 유혹에 시달리기 때문이다. 바쁜 업무는 많
은 것을 회피할 훌륭한 이유가 되어준다. 아이와 함께 놀지 못
할 이유, 청소와 요리를 다른 사람에게 맡길 이유, 멍 때리지 못
할 이유, 도보 20분 거리의 회사에 자동차로 출근할 이유. 하지
만 삶이 뭔가. 내가 일하느라 하지 못한 그것들이 삶 아닌가?
아이와 노는 것, 집안을 정돈하고 밥을 지어 먹는 것, 산책하는
것, 멍하니 앉아 있는 것. 이걸 하려면 일에 집중하다가도 때때

로 빠져나와 회사 밖의 일상을 궁리해야 한다. 그러지 않으면 일하는 재미에 통째로 삼켜질 테니.

박상영 소설가의 인터뷰를 읽다가 아주 인상적인 문장을 보았다.

> 저는 글을 쓰고 있을 때 한없이 제가 좋거든요. 내가 내 자신이라서 좋아요. 글쓰기가 직업 이상의 의미가 되지 않도록 노력하는데, 점점 그 이상이 되고 있어요. 자아실현도 하고 있으니까요. 하지만 어느 한 지점에 너무 많은 걸 걸어놓으면 안 되니까요. '최대한 더 많은 걸 걸지 말아야지' 생각해요.
>
> _〈월간 채널예스〉 2019년 8월호._

나도 좋은 라디오 프로그램을 만들기 위해 노력하는 내가 좋다. 돈을 버는 수단 그 이상의 의미가 되었고, 가끔은 이 일로 자아실현도 하고 있다고 느낀다. 그래도, 아니 그래서 더, 라디오 피디로서의 생활이 직업 이상의 의미가 되지 않도록 노력해야 한다고 생각한다. 삶은 한군데에만 있지 않으니까. 나는 내 일보다 더 큰 존재니까.

그리하여 오늘도 목표는 정시 퇴근. 6시에 퇴근해 1시간 요가하고 집에 가서 아이들과 함께 저녁 먹는 즐거움을 위해, 중요한 일과 덜 중요한 일, 급한 일과 그렇지 않은 일을 머릿속으로 부지런히 가늠한다.

◆ 큰 문제 아니에요 ◆
─ ELO 'OSAKA' (Feat. ZICO)

Click clack 카메라 셔터 소리

네가 웃고 있어 뒤를 돌아보니

세상은 아직도 바쁘게 흘러가지만

너와 내 시간은 잠시 멈췄어

너무나 고요해

어느 날의 사연. 뮤지션을 꿈꾸는 학생인데 청력에 문제가 생겼다고, 음악을 하고 싶은 마음은 여전한데 현실적으로 가능할지 모르겠다는 고민이었다. 마침 2주 뒤에 ELO라는 뮤지션의 초대석이 예정되어 있었다. AOMG 소속의 실력파 아티스트인 ELO는 한쪽 청력을 잃은 뮤지션으로도 유명한데, 이 얘기를 인터뷰에서도 스스럼없이 해왔다. 우리는 이 사연 소개를 ELO에게 부탁하기로 했다.

사연을 들은 ELO가 이야기했다.

"저도 한쪽 귀만 들려요. 점점 청력을 잃은 케이스인데요, 음악을 해보니까, 불편함이 없는 건 아니에요.

　우선 믹스 작업에 관여를 못 하고요, 노래를 부를 때 음정이 조금씩 떨어지는 게 느껴져요. 그래서 부단히 한쪽 귀를 더 좋게 만드는 훈련을 하는 중이에요.

　저는 이게 마음에 달려 있는 문제라고 생각해요.

　불편하긴 하지만, 음악에 대한 확신만 있다면 큰 문제는 아니에요.

　전문가들이 워낙 많거든요. 내가 할 수 없는 일을 해 주는 전문가들이요.

　중요한 건 청력을 잃었다는 상실감을 이겨내는 거고요, 기술적인 부분은 그렇게 크게 문제가 되지 않아요."

　방송이 끝난 뒤, 나는 ELO라는 뮤지션이 궁금해져서 한 곡씩 차근차근 노래를 들어보았다. 일관되게 느껴지는 장점이 있었다. 곡과 가사와 사운드와 목소리, 그 무엇 하나 겉돌지 않고 완벽하게 합쳐져서 노래의 주제를 표현한다는 것. 섹시한 가사는 더 이상 섹시할 수 없는 곡에 찰싹 달라붙어 있었고, 헤어짐을 노래할 때는 냉소와 분노가 비트와 사운드 구석구석에서 뚝뚝 묻어났다. 매력 있었다. 대중적으로 널리 알려지진 않았지만 충성도 높은 사랑을 받는 이유를 알 것 같았다.

　불편하긴 하지만 큰 문제는 아니라는 말, 상실감을 이겨낼 수 있는지가 중요하지 나머지는 크게 문제가 되지 않는다는 말을 ELO는 자신의 음악으로 증명한다. 그의 노래는 밤 운전을 할 때 더없이 잘 어울린다. 한 번쯤 들어보시길.

첫 책 《처음부터 엄마는 아니었어》를 내고 보았던 어떤 독자의
글을 잊지 못한다. 첫 아이를 임신하고 중절 수술을 고민했을
때, 남편이 '수연이 그런 애 아니야'라고 생각하고 속 편히 자고
있었다는 내용을 인용하면서 그 독자는 이렇게 썼다. "이건 옳
지 않다고 생각한다. '그런 애'라니? '그런 애'가 뭔데?"

　찬물을 뒤집어쓴 듯 정신이 번쩍 들었다. 책을 쓰던 당시에
는 아이를 낳기까지의 과정을 설명하느라 문제가 있다는 생각
을 하지 못했는데, 뒤늦게 내 안의 편견과 오류를 볼 수 있었다.
여기서나마 정정하고 싶다. 임신 중단 여부를 결정하는 건 온
전히 몸의 주인인 여성의 결정에 달린 일이며, 누구에게도 이
를 비난할 자격은 없다. 아이를 낳는 것과 낳지 않는 것, 어느
쪽이든 건강하고 당당하게 선택할 수 있는 사회여야 한다고
생각한다.

　이 책이 세상에 나오면 비슷한 일이 또 생길지 모른다. 글을
쓰는 지금은 눈에 들어오지 않는 무지와 편견이 서서히 발견

\\\

될 것이고, 나는 부끄러워질 것이다. 그럼에도 불구하고, 글을 쓰길 정말 잘했다고 생각한다. 당신에게 내 생각을 들려줄 기회, 오류를 지적받고 다시 고민해볼 기회, 그리하여 더 나아질 기회를 책을 씀으로 얻게 됐기 때문이다.

특히 은행나무 출판사의 Lik-it 시리즈로 내 이야기를 할 수 있어서 좋다. 나는 이 기획이 정말 마음에 든다. 우리가 어떤 방식으로 일을 하고 돈을 버는지, 그 안에서 무엇을 고민하고 어떤 변화를 모색하는지 다양한 직업인들이 발언하는 게 세상을 더 낫게 만든다고 믿기 때문이다.

나는 이렇게 라디오 피디라는 직업인으로서의 이야기를 꺼내놓았다. 최대한 솔직하게 쓰려고 노력했는데, 그래서 누군가에게 상처가 될 수도 있을 것이다. 에세이 쓰기의 윤리에 대해서 많이 고민했다. 이 글을 쓰는 것의 효용이 어떤 이의 불쾌감을 능가하는지 저울질하는 순간이 많았고, 여러 문장들에서 지울지 말지 망설였다. 부디 비슷한 업종에 있거나 유사한 고민을 품고 있는 우리 시대의 직업인들에게 의미 있는 글들만 남았길 빈다.

책을 쓰는 동안, 특히 마지막 한 달은 내내 귀가가 늦었다. 남편의 지지와 하율·하린의 기다림에 깊이 감사하고, 뱃속에서 건강히 자라 준 세율이에게도 사랑을 전한다.

내가 사랑하는
지겨움

**지은이** 장수연
**펴낸이** 주연선

**1판 1쇄 발행** 2020년 2월 17일
**1판 2쇄 발행** 2020년 3월 20일

**ISBN** 979-11-90492-28-7 03810

**총괄이사** 이진희
**책임편집** 최민유
**표지 및 본문 디자인** 스튜디오진진
**본문 사진** 강경호
**책임마케팅** 김진겸
**마케팅** 장병수 이한솔 이선행 강원모
**관리** 김두만 유효정 박초희

04035 서울특별시 마포구 양화로11길 54
**전화** 02)3143-0651~3 | **팩스** 02)3243-0654
**신고번호** 제 1997-000168호(1997.12.12)
www.ehbook.co.kr
lik-it@ehbook.co.kr
www.instagram.com/lik_it

잘못된 책은 바꿔드립니다.

* 라이킷은 ㈜은행나무출판사의 애호 생활 에세이 브랜드입니다.